ヨンケイ!!

天沢夏月

ポプラ文庫

目次

一走、受川星哉

「オン・ユア・マーク」

二度、軽くジャンプしてから地面に手をつき、まず左足、それから右足を後ろの踏切板《ふみきりばん》に乗せる。スターティング・ブロックのセッティングは足の長さで測るやつも多いけど、俺はメジャーを使ってる。スタートラインから、左踏切板の先端まではきっちり55・5センチ。それ以上でもそれ以下でもない。足の裏で押してみて、スタブロが慣れ親しんだ感触を返してくるのを確かめると、走るためのスイッチがオンになる。よしっ。

目の前には赤い8レーンの400メートルトラック。

春の名残《なごり》を薄くまとった、生ぬるい風が吹いている。

海が近いせいか、少し潮の香りがして、なんとなく大島《おおしま》を思い出す。

今日は比較的涼しいが、日差しはもう初夏のそれだ。空が青い。赤いトラックと対照的で、鮮やかに目に焼きついた。

二走の雨夜《あまや》の背中がうっすら見えている。黒いパンツに、濃紺のウェア。三走の脊尾《せお》先輩は遠い。四走の朝月《あさつき》先輩からは、俺の背中が見えるはずだ。

これから俺たちは、このトラックを一周走る。わずか400メートル。時間にして四十秒強。けれどこの道の先が、遠い八月のインターハイまで繋がっていくのだ。

手首を弛緩《しかん》させるように三度ずつ振ってから、スタートラインの手前に手をついた。右手のバトンを、行先を示すように、まっすぐ前に向けて置く。クラウチング・スタートの「クラウチング」は、屈むという意味だ。その名の通り、前傾姿勢になり、合図を待つ。

「セット」

腰を上げる。

スタートラインの少し手前をぼんやり見つめる。

耳は澄まさない。

待っているのはピストルの音じゃない。

その号砲《ごうほう》が空気に落とす波紋《はもん》の、最初の一つ。

それは聞くというよりも、振動を感知するイメージだ。

感じた瞬間、俺は右足でブロックを強く蹴り、誰よりも早くトラックに一歩目を踏み出す。

＊

とりあえず一回走ってみんべ、って話になって、土曜日に大島町陸上競技場を借りてちゃんとした４００メートルトラックで走ってみることになった。

俺の１００メートルベストタイムは、追い風で11・50秒。運がよければ、支部の予選を抜けられる程度のタイムだ。

雨夜はベストが11・20秒だけど、長いことスランプとかで11秒前半で走ってるのは見たことがない。

脊尾先輩は、専門４００って言ってたけど、１００でも11秒台出せるらしい。確か80くらいって言ってたか。

朝月先輩は11・00秒の持ちタイムがある、俊足のスプリンター。ここ一年は安定して11秒前半を出してるけど、今年は10秒台も狙ってるだろう。

確かに、慢性的に人数不足なうちの陸上部としては、奇跡的なくらいに走力は揃ってる。個々人の走力ってのは簡単には向上しない。ショート・スプリントという種目は、うんざりするようなトレーニングの積み重ねで0・01秒を縮めていく競技だ。いくらバトンパスが上手くても、個々人の走力が低いせいで勝てないレースが、この世にはたくさんあるんだろう。

単純に、四人のベストタイムを合計すると46秒弱。支部予選を抜けるには43秒くらい欲しいから、バトンで3秒縮める必要がある。これはたぶん現実的な数字だ。バトンも走りもハマれば42秒台だって夢じゃない。でも都大会を抜けるためにはおそらく41秒台が必要で……サトセンはバトンが最高に上手くいけばいけるとか言ってたな、本当かよって思う。たぶんみんな思ってる。走力の向上は前提だろうな。少なくとも一人は10秒台で走れないと……まあ、あとは走ってみないとわからないな。

スタートからの30メートル程度を、一次加速という。スタブロ（スターティング・ブロック）を蹴った勢いのまま、上体を起こさないようにゼロからスピードを一気に上げていく。そこから60メートル付近までが二次加速、体を徐々に起こしながらトップスピードに達する。このトップスピードを維持したまま、いかに残りの距離を走り切るかというのが100メートル走の難しいところだ。

で、リレーの場合、速度が落ちてくるタイミングでバトンを渡すことになるので、そのへんを見極めて、次走者が全力で加速できる、かつ前走者が追いつける〝距離〟を調整する。足で測ることが多いので〝足長《そくちょう》〟と言ったりもする。止まってもらったって別にルール違反じゃないけど、そうなると一切加速できないから、当然スピードは落ちる。後ろの選手は走ってくる選手を信じてスタートし、逆に前の選手はその信頼に応えなくちゃならない、とサトセンは言う。チームワークが大事だ、と。

チームワーク、か。あんまり得意じゃない言葉だ。そもそも陸上競技は個人競技が多く、人数の少ないうちの部じゃ、なおさら縁もなかった。

「イチニツイテ」

サトセンの合図。地面に手をつき、踏切板に足を乗せる。

「ヨーイ」

腰を上げる。スタブロがしっかりと足の裏を押し返してくる感触にスイッチが入る。

「ド」
ン、が聞こえる前にスタブロを蹴った。
前傾姿勢のまま一次加速。一歩二歩三歩としっかり地面を押して力をもらう。

腕を大きく振りながら少しずつ上体を起こし、二次加速。

50メートル付近で体がまっすぐになる。

トップスピード。雨夜の背中が見えて、マーカーを越えた。

雨夜が出る。

右足がテイク・オーバー・ゾーンをまたぐと、その背中はもう目前だ。

たぶん、まだ80メートルくらいしか走ってないなと思いつつ、

「ハイッ」

雨夜の左手が上がる。

レーンのぎりぎり内側を切り込むように走りながら、俺は右手を伸ばす。

雨夜の左手がバトンの正面にきていなくて、体を左にねじりながら押し込んだ。

つかんだか？　わからない。

雨夜が振り向いたので、やべっと思って放した。

バトンを受け取った雨夜が遠ざかっていく。脚《あし》の回転が速い。小柄な分、ピッチで稼ぐタイプのスプリンターだ。確かに速い。けど、11秒前半の走りじゃない。マーカーを越え、脊尾先輩がスタート。雨夜は後半だいぶ失速して、バトンがなかなか渡らない。脊尾先輩が後ろを振り向き、雨夜が「すみません」とか叫びながら叩きつけるようにバトンを渡した。

脊尾先輩は、走り出すと「おっ」となる走りだった。フォームが綺麗だ。無駄がない。力みがない。ついでに、覇気《はき》も感じない。

朝月先輩は脊尾先輩がマーカーを越えて、さらに一拍置いてから出たように見えた。脊尾先輩のスピード感のなさを、朝月先輩も感じたに違いない。バトンはほとんど止まってもらったようだった。加速してトップスピードに乗り、減速を最小限に留めてフィニッシュ。朝月先輩個人の走りとしては綺麗だけど、あれじゃあただの100メートル走……。

終わってから、三走の脊尾先輩が苦笑いしているのが見えた。朝月先輩は難しい顔をしている。雨夜がちらりと見てきたけど無視して、俺はため息をついた。

「45・55秒です」

サトセンが単調な声で告げた。オフシーズンだってことを差し引いても、遅ェ……。

敷地ばかり広いだけで、手入れの行き届いていないグラウンド。でこぼこだし、毎年雑草もじゃんじゃん生えてくる。グラウンドっていうか、広い空き地って感じ。島の反対側まで行けば、４００メートルのきちんとした陸上競技場があるけど、学校からはちょっと遠いんで、平日は行けない。無料だけど要予約、なにより使用時間が十七時までなので、放課後に行ったところでアップだけで終わっちまう。

東京都島嶼部《とうきょうととうしょぶ》に属する俺たちの住む島は、大島と呼ばれている。伊豆諸島《いずしょとう》の中では都心から最も近く、かつ最大面積を誇り、七千人強の人が暮らしている。いい島だけど、個人的に高校はサイアク。渚台《なぎさだい》高校は、大島に二つある高校のうちの一つで、生徒数は三学年合わせても百人程度しかいなくて、使う人数が少ないせいなのか校庭はいつも荒れっぱなしだ。

ボロっちいラインカーをガタガタ引きずって歩いていた俺はふと振り返り、十メートルほど前から線が引かれていないことに気づいて舌打ちした。石灰《せっかい》にまみれ、元の色もよくわからないラインカーの蓋《ふた》を開けると、小さく白煙《はくえん》が立ち上る。中身は案の定空っぽだ。

「早いな、受川《うけがわ》」

「ちわっす」

肩を回しながら歩いてきた朝月先輩に、目も合わさず挨拶《あいさつ》してから、ちらっと顔を上げた。腕を伸ばしつつ、薄い灰色の空を難しい顔で見つめる朝月先輩は、少し寒そうだった。年が明けたばかりのこの時期、大島の平均気温は本州より少し高いけど、ニシだかナライだか、時折強い西風が吹く。朝月先輩のジャージがバタバタとはためいていて、自分の方が前からグラウンドにいたはずなのに急に寒気を覚えた。

石灰を補充するために倉庫に向かうと、途中で雨夜とすれ違った。相変わらず中学生みたいな顔をうつむかせて、のろのろと歩いている。向こうが何も言ってこないので、俺も挨拶しない。グラウンドの中ほどで、トレーニング用のハードルを引きずっていた酒井《さかい》が俺に気づき、わざとらしく内股になった。

「あ、セイヤくーん。手伝ってぇー」

夏の名残を未だに残した、小麦色のニヤニヤ顔は、同学年の男子の間じゃ某モデルに似てるとかでちょっと有名だ。とはいえ普段、大概男っぽい口しかきかない酒井の猫なで声は、悪寒がすごい。

「気色ワリィ声出すな。今ライン引き中」

酒井は嫌そうな顔をしたが、俺の表情も似たようなもんだと思う。

倉庫に着いて、袋から直にじゃかじゃかスコップで石灰を入れて戻ると、いつのまにか顧問《こもん》の佐藤《さとう》が来ていた。陸上部顧問にはとても見えない、小枝みたいな脚。冴えない眼鏡《めがね》とぼろいジャージ。けれど陸上経験者らしくて、指導は結構しっかりしてるんで、部員からは一定の信頼を勝ち得ている。部員からはだいたいサトセンって呼ばれてる、笑わない数学教師。

「全員揃ってますね」

サトセンは淡々と部員を見回した。周囲には俺、朝月先輩、雨夜、酒井の四人。手についた石灰を神経質に落としていると、酒井にこそこそ小突《こづ》かれる。

「あれ、誰だろう」

「さあ……」

素っ気なく答えつつ、俺も気になっていたそいつに目をやった。

サトセンの後ろに、見知らぬ男子生徒が佇《たたず》んでいた。まず目が行くのは茶髪だった。結構明るくて、整った顔立ちも相まって目立つ。こんなやつ、校内で一度見たら絶対覚えてるけど記憶にない。肌は焼けてるし、サトセンが連れてきたってことは陸上部なんだろう。曇り空一歩手前みたいな、なんだか冴えない空色のジャージも一応様にはなっている。ただ、なんというかサッカー部っぽい感じじだ。

どこ見てんだ、と思って目線を追うと、隣の野球グラウンドの練習をぼーっと眺めているようだった。上の空、という言葉がぽっと頭に浮かぶ。

「紹介します。新入部員の脊尾くんです」

サトセンがそう紹介すると、脊尾クンは目を合わせるのがめんどくさい、とでも言いたげに深々と頭を下げた。

「脊尾照《あきら》です。よろしく」

感情のない声。顔を上げても、視線は上がらない。

「脊尾くんは東京から来た転校生です。まだ慣れないことも多いと思うので、部活以外でも色々教えてあげてください。朝月くんは同じクラスでしたね、クラスでも仲良くしてあげてください」

「はい」

朝月先輩がしっかり返事をすると、脊尾クン改め脊尾先輩が微妙に顔を強張らせた。なんか迷惑そうな顔だな、とぼんやり思う。

「大島《ここ》だって東京だよ、先生」

酒井が自嘲《じちょう》気味に笑う。

「失礼。本州という意味です」

サトセンが言い直す。

「種目は？」

朝月先輩が訊《たず》ねた。

「……専門は４００」

４００メートル走の陸上競技的な分類は短距離走になる。渚台高校陸上部は、酒井以外は全員短距離走を専門としてるからそっちのお仲間だ。とはいえ400ってのは微妙な距離で、200を専門としてる俺が100を走ったり、100を得意としてる雨夜と朝月先輩が200を走るのとは、ワケが違う。ショート・スプリントに対し、ロング・スプリントと呼び分けされる距離——それが400。

「じゃあ、短距離だな」

朝月先輩はうなずいて、俺と雨夜を手で指し示した。

「雨夜と受川が同じ短距離だ。二人とも一年だけど、部のことはだいたいわかってるから。俺がいないときに何かあったらこいつらに訊《き》いてくれ」

俺は一瞬雨夜の方をちらっと見た。雨夜がぎこちなく会釈《えしゃく》していたので、それに倣《なら》っておく。

「あ、仲間外れにしないでくださいよー。私とも仲良くしてください。酒井春《はる》、専門は100メートルハードルです。島とか学校のことなら色々教えられますんで」

酒井が女子だからか、それとも一番人懐こそうに聞こえたからか、脊尾先輩はようやく少しだけ笑って、うなずいた。それでなんとなく歓迎ムードが出て、自己紹介は無事に終わったことになった。

「それでは脊尾くん、今日からよろしくお願いします」

サトセンがやはり淡々とうなずいた。

「さて、脊尾くんが入部したことで、短距離のメンバーに一つ提案があります」

朝月先輩。雨夜。俺。そして脊尾先輩。

俺たち四人を順繰《じゅんぐ》りに見据えるサトセンの目は、珍しく鋭い光を宿しているように見えた。

「リレーをやってみませんか」


400メートルリレー。つまり、100メートル×4リレー。いわゆる四継《ヨンケイ》。

日本のお家芸なんて言われて、世界陸上とかオリンピックなんかじゃ注目されてるけど、慢性的に人数不足なこの部でその名を聞く日がくるとは思わなかった。

渚台高校の歴史はそこそこ長いし、陸上部だって伝統ある部活動らしいが、ここ数年その部員数は概《おおむ》ね五人前後だ。短距離といえば陸上の花形、いつだって人は多い方らしいけど、それでもなかなか同性の生粋《きっすい》のスプリンターが四人揃うってことはない。まあ、酒井がもし男子だったら、あいつも加えて走るっていうのはありだったかもしれないが。

「えー、ずるいなあ。私もリレー走りたい」

愚痴《ぐち》りながらハードルを並べに行く酒井を尻目に、俺たちは体育座りでサトセンからオーダーを聞く。リレーをやるという提案自体に対し、とりあえず反対意見は、今のところ出ていなかった。

「誰がどの区間を走るかは、これからしっかり決めていくつもりですが、ひとまず暫定的《ざんていてき》に、これでやってみようと考えてきました――まず一走、受川くん」

俺はぴくりと眉を動かした。返事をせずにいると、そのままサトセンが二走の名を告げる。

「二走は、雨夜くん」

「え……はい」

怯《おび》えた様子で返事する雨夜の横顔を、俺はじろりと睨《にら》む。

「脊尾くんは、三走です」

「はあ」

と、脊尾先輩が気の抜けた返事をした。またぼーっと野球部の方を見ていたようだ。

「アンカーは朝月くん、君に走ってもらいたいです」

朝月先輩は神妙《しんみょう》にうなずいた。

「インターハイ予選が四月末と考えると四ヶ月弱しかありませんが、個々人の走力は申し分ありません。まずは東京支部予選突破。僕の見込みでは、バトンが最高に上手くいけば、都大会を抜けて関東までは狙えるはずです」

「んな馬鹿な……」

思わず俺はぼやいてしまい、横で雨夜も失笑した。脊尾先輩にいたっては話を聞いていない。朝月先輩が気づいて、そっちを睨んでいる。サトセンは部員たちのいまいちなリアクションに気づいているのかいないのか、珍しくその能面を崩して眉間にしわを寄せた。

「ただ、ちょっと今バトンを捜していましてね。数年前に、受川くんのお兄さんがリレーに出ているんですが……」

俺は顔をしかめる。自分が一走、雨夜が二走だと聞いたあたりから、ちょうど兄の影が頭をちらついていたところだった。

「あのときに使ったバトンがどこかにあるはずなんです。それは僕が捜しておきます。練習は後日始めますので、心づもりだけしておいてください」

では、あとはよろしく、とサトセンは朝月先輩にうなずいてみせ、自分はバトンを捜すのか倉庫へ向かってスタスタと歩いていった。

練習が始まる前に、俺は「石灰補充してきます」と嘘をついて、重たいラインカーを引きずって倉庫まで戻った。中を覗《のぞ》き込むと、数学教師の細い背中がきょろきょろと棚を見回している。

「先生」

俺が声をかけると、石灰で眼鏡を曇らせたサトセンが振り返った。

「どうしましたか？　練習は？」

「石灰の補充っす。まだライン引いてないんで」

俺はぽんぽんとラインカーの蓋を叩いたが、中身はもちろん満タンだ。

「あとたぶん、バトンここにはないっすよ。少し前に掃除したけど見なかったんで」

「そうなんですか」

サトセンが「困りましたね」と無表情につぶやくのを聞き流し、俺はラインカーの蓋を開けて、石灰を入れるふりをする。

「……先生」

スコップを動かしながら、自らの背中越しに訊ねる。

「なんで雨夜が二走なんですか？」

別にリレーにそこまでの思い入れがあるわけじゃない。俺の専門は200、関東大会行くならそっちの方がまだ現実的だし、気持ちだって。

ただ、リレーにおいて二走ってのは特別だ。エース区間だ。かつて兄が、関東の舞台で走ったように。今の雨夜なんかに務まるとは、思えない。それだけ。

「雨夜くん、このところ調子悪そうですからね。どうしようかとは思ったのですが」

と、前置きしたうえで、サトセンは言った。

「ただ、本来の力が発揮できれば雨夜くんがベストだと思っています。元々100を走っていて、純粋な走力は非常に高い。そういう意味だと朝月くんも二走向きですが、競《せ》り合いでの勝負強さを考えると彼の方がアンカー向きかと考えました。でも、そのあたりは実際走ってみてですかね。受川くんはどう思いますか？」

サトセンには、「朝月先輩を二走にすべきでは?」とでも聞こえたのだろうか。そうじゃねえ、と思ったけどそんなこと言ったって仕方なくて、俺は投げやりに「そうっすね」と答えた。

リレーの練習は、冬休み明けから始まった。バトンは結局見つかってなくて、暫定的に体育祭で使うプラスチック製のバトンで代用することになった。太さがちょっと足りないし、なんか軽い気がする。競技用は確かアルミ製だ。

とりあえずその場でバトン渡し、という初歩中の初歩から始めることになった。なんせ今までリレーなんかやろうと思ったこともない。四人で四走を先頭に間隔を空けて並ぶ。一走の俺は最後尾だ。その俺から、手だけ動かしてバトンを雨夜に渡す。雨夜は脊尾先輩に渡し、脊尾先輩は朝月先輩に渡す。それを繰り返す。走ってないからミスりようもないが、バトンの感覚と距離感をつかむための練習だとサトセンは言っていた。

ヨンケイ、なんて言うと、なんだか大げさに聞こえそうだけど、やることは運動会とかでやるリレーと何も変わらない。バトンをもらって、走って、渡す。それだけ。

でもオリンピックとか、いやインターハイでもいい、とにかくガチのリレーを間近で見たらわかる。全然別モノだって。そのレベルだと選手の走りが綺麗だっていうのもあるけど、とにかくスピード感が段違いだ。

ヨンケイの高校記録って、40秒を切ってる。四人で割ったら、一人当たり10秒以下だ。一方で、100メートルの記録は10秒を切れていない。単純計算だと同じ距離当たりのスピードはリレーの方が速いってことになる。これは世界記録を見てもそうだ。

これが意味するのは、リレーはバトンワーク次第でタイムが縮められる、ってこと。もたもたバトンを渡せばタイムは悪くなるし、逆にバトンパスなんかなかったみたいに自然に渡せれば、しっかり加速して走り出せるから通常の100メートルよりも速く走れる。

いかに減速せずスムーズにバトンを渡せるか。これはリレーにおける永遠の命題《めいだい》だ。走力で世界に劣《おと》る日本がリレーで強いのは、このバトンワークによるところが大きいと言われてる。だから俺たちも、リレー練習をするとなったら、やることは一にも二にもバトンというわけ。

ある程度感覚をつかんだら、今度は軽く走りながらやるバトンパス――〝バトンジョグ〟をやる。こういった練習メニューはサトセンが考えていて、「練習として何をするか、なぜその練習が必要なのか」まではわりと丁寧に教えてくれる。でも、実際にやり始めると、じっと俺たちを見ているだけ……やる気があるんだかないんだか。どっちかっていうと朝月先輩の方が、あれこれアドバイスしてる。

オフシーズンって、そんなガツガツ走るような練習はしないもんだけど、残り四ヶ月からのリレーチーム発足……やっぱり結構練習しないとだめなのか。正直、俺はあんまりリレーに対するやる気が湧いてこない。

一走はもらうことは考えなくていい。スタートは得意だし、リレーの一走はカーブ区間だけど、200メートル走もスタートはカーブだから慣れてる。要するにいつも通りのスタートをして、ペース配分だけ100メートルにシフトして、あとは雨夜に渡せばいいだけ……理論上は。


で、実際に陸上競技場で走ってみたら、散々だったというわけ。

＊

兄がいる。

歳で言うと確か六つ離れてて、今は本州の大学で天文学を勉強している。大島の星空に惚れ込んで、星について勉強したいと言って一年浪人《ろうにん》してさっさと上京していった。上京っていうのかな、この場合。まあとにかく、今はイケブクロに住んでたはずだ。

元々陸上やってて、数年前に渚台高校陸上部の黄金時代を築いた一人だ。大学でもサークルだか同好会だか、走ること自体は続けてるらしい。周囲からは散々もったいないと言われたし、俺も言ったけど、兄は本気で星を追いかけることをやめず、本気で走ることをやめた。

一月も下旬に差し掛かろうかという日、そんな兄から電話がかかってきた。家の電話にかけてくればいいのに、親が出るとなかなか切らせてくれないからって、最近は俺のスマホにかけてくる。

「よー久々。元気？」

兄の声を聞くと、なんだか少し気が抜ける。肩に入り過ぎていた力が抜けるようだな。若干《じやっかん》天然は入ってて、ちょっと世間からズレてる感じでたまに心配になる。都会で本当にやってけてんのかって。

「全然久々じゃないよ、一週間前にも元気だって言ったじゃん。家電にかけなよ」

ぶすっとした声で返すと、「やだよ、母さん電話に出ると長えし」と笑う。

しばらく世間話……と言ってもお互いに近況を聞くだけ。兄は結構頻繁に電話してくるし、そんなに話すこともない。

「あ、そういえばさ」

俺はふと、思い出して訊いた。

「ん？」

「陸部のバトン知らない？」

サトセンが捜してたリレーのバトン。結局未だにプラスチックバトンでやってる。今日の練習で本物でやりたいって話になってた……俺は別にどうでもいいんだけど。

「バトン？　リレーやんの？」

兄の声があからさまに弾《はず》んで、言わなきゃよかったかなと少し後悔する。

「んー、まあ、なんか転校生来て、人数揃ったからやるか、みたいな」

脊尾先輩の話をしてやると、兄の声はますます嬉しそうになった。

「へえー、いいじゃん。ってことは、星哉《せいや》も走るんだな？」

「ウン。まァ」

「どこ？」

どの区間だ、というその質問に、一瞬口ごもってしまった。

「え？」

意味がわからなかった、というふりをして訊き返す。

「何走？」

「あー……っと。一走」

「へえ。確かにな、星哉は一走向いてそうだもんな」

俺は顔をしかめる。どういう意味だ、と思う。

「で、バトン」

誤魔化《ごまか》すみたいに唸った。

「ああ、そうだったな」

兄はしばし記憶を探るように黙っていた。

「確か……俺らが卒業するとき、部室のロッカーに入れたよ。ほら、なんか備品入れみたいになってるやつ一個あったじゃん。後輩も人数少なかったし、当分リレーチーム組めないだろうなあと思ってさ」

「あー……」

〝断捨離《だんしやり》ロッカー〟か。確かにある。誰のものでもない、いるかいらないかわからないものをとりあえず入れておくためだけのロッカー。元々そういうふうに使われていて、だけどロッカーの中身が増える一方なのでいつの頃からか「断捨離せよ！」と張り紙がはられ、それでもなお容赦なく判断に困るものを放り込まれ続けるロッカー。全然断捨離じゃねえじゃん、ってみんな思いながら、捨てていいのかわからないものを突っ込んでる。確かに、あそこにならありそうだ。

「サンキュ。捜してみる」

「ん。頑張れよ。春休みになったら帰るって伝えといて」

「……だから自分で言えって」

切れた電話を見つめながら、俺は小さく舌打ちした。

兄は生まれついてのショート・スプリンターだった。あのときの渚台高校陸上部は、ショート・スプリント限定だけど、スペシャルに強かったと思う。特にリレーがやばかった。兄の持ちタイムは10・89秒で、他の三人も11秒台いいところで、素の走力が高かったってのもあるけど、なによりバトンがすごかった。とにかくリレーに懸けてたんだ。すごい練習してたし、すごい仲良かった。今のチームは正直、あんまり仲がよくない。俺が部内でよくしゃべるのは酒井くらいで、雨夜もタメだけどこいつとはほぼ話さない。兄のことをよく知っている朝月先輩も少し苦手だ。脊尾先輩のキャラは、まだわからないけど。サトセンは兄の頃から顧問だったはず……言葉は少ないけど口を開けば核心を突く人だ、なんて兄は言ってたっけ。サトセンは今のチームのこと、どう思ってんのかな。

あの頃、兄は二走だった。兄はずっと二走だった。

――二走は、エース区間なんだぜ。

誇らしげに言っていた。他の学校も軒並み速いやつが走る、超激戦区だって。

関東大会に出たときのリレーを覚えてる。

本州まで観に行ったんだ。どこだったっけ。栃木《とちぎ》か茨城《いばらき》か……島からもたくさん応援に行った。本当にすごかった。プロが走るみたいな競技場で、大歓声に囲まれて走ってた。インハイには行けなかったけど、二走時点で兄は一位で走ってて、もうその時点で俺の中ではインハイ・チャンピオンみたいなもんだった。

俺はあのとき、まだ小学生だったかな？　何度も妄想した記憶がある。自分がリレーで同じ舞台を走るところ。いつも二走。兄と同じ、エース区間を走る自分の姿……。

――へえ。確かにな、星哉は一走向いてそうだもんな。

救えない話だ。俺は今でも、二走を走りたいって思っちまっている。一走で走るリレーに、意味なんかない、って。でも一方で嫌ってほどわかってもいるのだ。

俺には兄ほどの才能がない。

＊

きちんとした競技用のバトンはアルミ製で、ひんやりとしている。プラスチックよりは少し重いか。太さはやっぱり全然違う。色は赤、青、緑、黄色の四色ワンセット。

断捨離ロッカーを漁《あさ》ってみたら、確かに出てきた。誰も部室に来ないだろう早朝に捜して、見つけたそれを、俺は出てきた場所よりもさらに深いところに埋めて、ロッカーの扉を閉じる。

二月に入った。大島は椿《つばき》のシーズンだ。大島と、隣の利島《としま》は椿が有名で、特に大島はこの時期〝椿まつり〟と称して様々なイベントをやっていて、例えば〝あんこさん〟と呼ばれる、手ぬぐいと着物姿の女性をよく見かけるようになる。観光客も増える。まあ、俺たちにはあんまり関係ないけど。

バトン練習は続いている。平日は基本的に、区間ごとのバトンパス練習。土日に借りられれば陸上競技場で走ってみて、通しでバトンの感じを確かめる。そしてその結果を、翌週の平日練習へフィードバック。

リレーのバトンパスには大きく二つ、オーバーハンドパスとアンダーハンドパスがある。文字通り、上から渡すか、下から渡すかの違いだが、メリットとデメリットがそれぞれあり、基本的にはチームに合ったものを選択することになる。うちのチームはオーバーでやっている。

オーバーの利点としては、利得距離が長い（選手と選手が離れた位置で渡すことができる）ことがあげられる。つまり、上手く渡れば距離を稼げる分、タイムが縮められる。ただし、手を上げた状態で走るのは速度が落ちるので、素早く渡すことが大事だ。アンダーの方が難しいという話もあって、オーバーの方が主流ではあるけど、日本はナショナルチームがアンダーで結果出してるってこともあり、アンダーでやってるところも多いらしい。

目下、俺と雨夜の一、二走間は渡ることは渡る。けど、どうにもスムーズからはほど遠い。一、二走間だけのタイムをとったら、単純なフラットの合計（ギリ22秒台）とほぼ同じだった。雨夜が加速走だってことも考えると、バトンで相当ロスってる計算になる。致命的なロスだ。そもそもバトンを落としちまうことも少なからずある。

まあ、色々コミュニケーション不足なんだろうって自覚はある。お互いに何も訊かないし、提案もしないから、そりゃあ合うもんも合わないだろう。けど、俺も雨夜も、リレーへの熱意は薄かった。しゃべらないけど、お互いにわかる程度には薄い。だからわざわざ、話したくもない相手と話し合ってまで改善しようという気が起きない。

俺らだけじゃない。二走と三走、三走と四走も、あんまり上手くいってない。脊尾先輩は、陸上そのものへの熱が淡い。傍から見てわかる程度には淡い。きちんと休まず練習には出てくるけど、いつもだるそうに走ってる。なんで入部したんだろう、この人。サトセンが熱烈に勧誘したって噂《うわさ》は聞くけど、熱烈なサトセンってのも想像しにくいもんだ。

朝月先輩は真面目に走ってるし、たぶんリレーへの気持ちも強い。けどまあ、脊尾先輩があんな感じだと、朝月先輩もやりづらいのかもな。スピードに乗れなくて、脊尾先輩にアレコレ注文つけてるけど、馬耳東風《ばじとうふう》って感じ。何かと妥協を許さない人ではあるものの、ちょっといつもより口うるさい気がするのはそのせいか。

サトセンは、相変わらず何も言わない。練習の意図とか、意識すべきことは教えてくれる。でも具体的に何が悪いのかは、言ってくれない。呆れてるのかな。顔に出ないからわかりにくい。バトンの基礎はもうほとんど教えたから、あとは勝手にしろってことなのか。無責任な話だ。

俺はとにかく最近のリレー練習中はずっといらいらしていた。バトンが綺麗に繋がらないことにはもちろんフラストレーションを抱えていたけど、たぶんそれだけじゃない。リレーをやる、とサトセンが言い出してからずっともやもやしている胸の内……まあそれは置いておくにしたって、チームの空気が悪いのは事実だ。

こないだミーティングはあったんだ。朝月先輩が声をかけて、リレーメンバー集めて、狭苦しい部室で雁首《がんくび》揃えて……ひとまず走ってみて、手ごたえはどうかっていう。

「一走はどうだ？　感触とか、問題とか」

朝月先輩に話を振られて、俺は肩をすくめた。

「いや、まあ、俺は渡すだけっすからね」

チクリと「もらう方が下手」と刺したのは本人にだけ伝わり、雨夜がうなだれる。

「雨夜は？」

「僕は……バトンに集中しちゃうと、走るのが上手くいかなくて……っていうか、そもそも走り自体に問題があって、その……すいません」

「別に責めてないぞ。これからよくしていこうって話だからな」

朝月先輩は水性マジックのお尻でこめかみを押しながら、

「あんまりバトンバトンって考えず、もっとリラックスして走ってみてもいいかもしれないな」

そうコメントして、首をぐるっと回す。

「脊尾は？」

「ヨンケイって初めてだから、まだちょっとわかんないな。マイルは走ったことあるけど」

脊尾先輩は手の爪をいじりながら、上の空な様子で答えた。

「そうか。脊尾はブランクあるんだっけな。戻せそうか？」

「ああ……それはまあ、そのうち」

本当かよ、と俺は思うけど、指摘はしない。

朝月先輩があまり白くないホワイトボードに印を書き込んでいく。一、二走：△、二、三走：△、三、四走：△……三角ばっかりだ。

「とにかくまずはバトンに慣れて、そこから課題見つけてくか……」

それぞれの答えがいまいち要領を得ないものだったせいか、朝月先輩は若干投げやりにそう締めたのだった。

とはいえ、それが一月の話だ。今はすでに二月で、状況は何も改善していない。

もうやめましょう、って言えばいいのか？　一年の俺が？　この微妙な空気で続けることの問題を自覚すべきなのはサトセンであり、部長の朝月先輩だろ。それとも俺以外はみんな、上手くできてるつもり？　俺からそう見えないだけ？　陸上競技場での練習ならモチベーション的にまだいいけど、学校での練習はサイアク。

雑念抱えて走ってたせいで、バトンパスの合図を忘れた。雨夜に「手！」と叫んでしまう。びくっとした様子の雨夜が慌てて手を上げて、俺はその手が上がりきる前にねじ込むようにバトンを渡した。

いや、違うな。

叩きつけた。で、すぐ放した。雨夜はつかみきれていなくて、バトンは当然の結果として重力につかまり地面に落ちた。

「合図忘れてたぞ、受川」

朝月先輩の鋭い声が飛んでくる。ハイハイ。雨夜にも出足についてなんか言ってるな。まあ、なんだっていいさ。

スタート位置まで戻る途中、出っ張りにつまずきそうになり、俺は舌打ちした。

こんなでこぼこの校庭で、練習になるかよ。

でも……兄貴もここで練習したんだよな。

どうやって走ったのかな。

もし二走が兄貴だったら、俺、上手く渡せんのかな。

兄はもらってくれる気がした。

バトンパスって、もちろん連帯責任だけど、マーカーの見極めとか、もらうときの姿勢とか手の高さとかを考えると、結局もらう人間の方が責任が重いらしい。渡すだけの俺にはよくわからないけど。

つまり俺と雨夜のバトンが綺麗に渡らないのは、雨夜が悪い。で、やっぱグラウンドも悪い。

俺は再びスタートラインにつく。カーブの先に、雨夜の姿が見えた。マーカーの位置を少し調整しているみたいだ。そこの問題なんだろうか、よくわからん。前走者の俺に相談せずに変えちまうあたり、このリレーチームはあかんと思う。何も言わない俺もダメなんだろうけど。

あいつの昨シーズンのベストタイムは、なんだっけ？

11・60秒とかじゃなかったか？　俺の方が速いじゃん。

あいつが一走やればいいのに。そしたら俺が二走を走る。もしそうなれば、この胸のもやもやも、少しは晴れるのだろうか……。

「ヨーイ」

それこそもやもやと考えながら、サトセンの合図で腰を上げる。「ドン」の合図とともに、部のぼろいスタブロが軋《きし》む音を置き去りにしてダッと飛び出した。

一歩目が思ったところに置けなかったのはすぐわかった。

くそっ、雑念のせいだ。

加速に入ってもそれは消えなくて、ずっと頭の中をぐるぐるしている。

振り切るように地面を蹴っても、いつもみたいに力が返ってこない。

接地が悪い。こっちは地面のせいだ。最悪。

おまけにマーカーを越えた時点で「詰まる」と思った。

近過ぎる。

このスピードで？　あいつ、何足か縮めたのか？

テイク・オーバー・ゾーンに入ってすぐ雨夜の背中が目前に迫ってしまい、バトンどころではなくなった。これは渡せないと思ってそのまま内側にフェードアウトしようとした瞬間、ずるっと足が滑り、横ざまに転んだ。

硬いグラウンドに左半身から叩きつけられる感触。

やばい感じの痛さじゃなかった。でも、転んだことで頭の中の何かのスイッチが、確かにプチンと入ってしまった。

「受川、大丈夫？」

雨夜が心配そうに覗き込んでくる。

「ごめん。マーカーの位置悪かった」

差し出された手を、俺は乱暴に振り払った。

「ワリィと思うなら、勝手に変えてんじゃねえよ」

俺が睨みつけると、雨夜の目に怯えが走った。

不穏な空気を感じ取った朝月先輩が駆け寄ってくるのが見えたが、止められる前に、ここのところ燻《くすぶ》っていた黒い感情のままに吐き捨てる。

「なんでおまえが二走なんだよ」

雨夜のガキみたいな目が見開かれ、瞳孔《どうこう》が広がったのまでくっきり見えた気がした。なに、ショック受けてんだ。

「おい、受川」

朝月先輩が何か言いかけるのを遮るように、俺は唸った。

「やってらんないですよ、こんな練習。俺はやめます」

握りしめたままだったプラスチックのバトンを、乱暴に朝月先輩に押し付けた。

「は……？　おい」

「時間の無駄です。２００の自主練した方がマシだ」

「受川ッ！　待て！」

踵《きびす》を返そうとした瞬間、肩を強くつかまれた。

後輩だけど、背丈は俺の方が少し高い。とはいえ目線はほぼ変わらない。朝月先輩の目には鋭い叱責の色があった。あまり怒る人じゃないけど、厳しい人だ。理由もなく練習を途中で抜け出すようなこと、許すような人じゃないのは知っている。

「練習に戻れ。それから雨夜に謝れ」

言われていることが正しいのは、頭のどこかでわかっている。けどもう、頭に血が上ってしまった。

「……ちょっと頭冷やしてくるんで」

俺はそう言い捨てて、朝月先輩の手を振りほどいた。そのまま水道の方に行くふりをして、部室に戻り、着替えて練習をバックレた。

面倒なことになる予感はしたが、間違ったことを言ったとは思わない。時間の無駄。そうだろう？　リレー以外に、そもそも個人種目があるんだ。俺はそっちの練習がしたい。俺の専門は200だ。俺の専門は200だ。俺の専門は、200なんだ。


二月半ばまで二週間、部活に出禁《できん》になった。

理由は雨夜に対する暴言と、自分勝手な理由によるリレー練習の放棄……リレー以外の練習は普通にやろうと思っていたので、出禁になったのは想定外だった。マジで頭を冷やせ、ってことらしいけど、つまり出禁が解かれたら、俺はまたあのくそ無駄なリレー練習に出ないといけない。何もわかってねえ……。

その話を教室まで告げに来た朝月先輩には、嫌みのようにこう言われもした。俺の一番嫌いな言葉だ。

――お兄さんはそんなじゃなかったぞ。

「だからなんだってんだよ」

練習のない土日は暇過ぎることもあって、いらいらしながら眺めていた本に向かってぼやく。朝月先輩に押し付けられたリレーの教本。いらねえよ。オーバーハンドパスがプッシュだろうがダウンスイープだろうが、俺の知ったことじゃない。あの人はずっとそうだ。受川空斗《たかと》の弟だからって、すぐ俺に兄の影を重ねて見ようとする。

部屋の扉を叩く音がした。間隔の短い四回のノック。開く前に、その音で誰だかわかった。そうか、今日だったっけ。大学生は、二月にはもう春休みになるんだよな。

「よ。ただいま」

扉の隙間《すきま》から覗いた兄の顔は、少し青白く感じる。高校に通っていた頃は、もっと日に焼けていた。受験で漂白《ひょうはく》されて、その後は高校時代ほどにはハードに走っていなくて、結果的に兄は白くなった。

「おかえり」

「あれ、おまえなんかまた背伸びたか？　今何センチあんの？」

「んー、百七十八、かな」

俺は起き上がった。あまり兄の顔を直視したくなくて、そのまま横をすり抜けるように部屋を出る。

「どっか行くの？」

「走ってくる」

部活に出られなくたって、何もしないわけにはいかない……というのもあったけれど、家にいるとリレーや部活のことを色々訊かれるだろう。俺は逃げるようにランニングシューズに足をつっこみ、家を出た。

*

「受川の兄ちゃんってさー、すげー足速いんでしょ。かっこいいよなあー」

そう言われることが、幼い頃は誇らしかった。

ちょっとしたことだ。運動会で兄が走ると、ものすごい差がつく。どんなに負けているリレーでも逆転してくれる。言ってみれば足が速いだけなのだが、小学生にとってそれはかなり特別なことだ。

俺も50メートル走はそこそこ速かったから、

「兄弟揃って足が速くてすごいねえ」

なんて言われることは、素直に嬉しかった。兄弟だから、自分もいつか兄みたいになれるのだと、当然のように、馬鹿みたいに、信じていたのだ。

兄が中学に上がって陸上部に入ると、サンセットパームラインへ走り込みに行くのにときどきついていっていた。まだガキの俺と中学生の兄じゃ当然ペースは合わなくて、兄はいつも俺のペースに合わせてゆっくり走ってくれた。

「どうしたら足速くなるの？」

「んー、そうだなあ。セイヤはどうしたら速く走れると思う？」

「足をいっぱい動かす？」

「そうだな。それをピッチって言うんだ。でも一歩を大きくしても、それだけ遠くまで進むだろ？　そっちはストライドって言うんだ」

「じゃあ歩幅大きくして、足いっぱい動かせばいいの？」

「いや、ピッチとストライドの関係は反比例だから、どっちかが上がると、どっちかが落ちちゃうんだ。大事なのはバランス。自分が一番速く走れるところを見つけるんだ」

「わかった」

そう言われると、早速翌日、ひたすら歩幅と脚の回転を確かめて走った。途中で気づいた兄が様子を見てくれて、タイムを計ってくれた。

「よくなってるぞ」

「本当？　おれも兄ちゃんみたいになれる？」

兄はふっと笑って、俺の頭をくしゃくしゃっと撫でた。

「セイヤのいいところは、努力家なところだな。何かをよくできるって思ったら、すぐ実践して確かめる。それって陸上に限らず大事なことだ」

セイヤはきっとなんにでもなれるよ、と兄は笑って言ってくれた。あの頃の俺は、そんな些細な言葉でも、兄に認められたように錯覚《さっかく》していたのかもしれない。

高校三年生になった年、兄はヨンケイでインターハイを懸けて走ることになり、本州の会場まで家族で応援に行った。

赤い400メートルトラック。

人と熱気にあふれた会場。

次々轟《とどろ》く号砲と、トラックを駆けていく背の高い選手たち。

真っ白な初夏の日差しの中、始まったリレー。兄は二走で、三位スタートだったが一気にトップに躍り出て、俺はもうわけがわかんないくらい声をあげて、ひたすら兄だけを見つめていた。

強烈な憧れ。

強い日差しで、瞼《まぶた》の裏に焼きつけられたかのような、熱を帯びた記憶。

いつかあの舞台で、俺もあそこを走りたい。


中学に上がると、何のためらいもなく陸上部に入った。軽い体力テストなどを経て、自身の種目を決めることになり、俺は短距離走、その中でも100メートルを迷いなく希望した。しかし、兄のことを知る顧問はあまりいい顔をしなかった。

「さすがにお兄さんみたいに、っていうのは厳しいんじゃないかなあ。空斗くんは特別だったからねえ。いや、君も速いけどね。でも、100より200の方が向いてるんじゃないかなと僕は思うんだけどねえ」

兄は特別で、俺はソウジャナイ？　よくわからず、俺は顧問のその提案を受け入れずに100を専門にした。100の練習方法を調べ、トッププロの走りを研究し、走るという行為を理屈から理解しようとさえ試みた。インプットした情報を自分の走りに反映し、確認し、修正、その繰り返し、繰り返し。小学校よりも本格的な練習の中で、確かに身になっていっているという自負もあった。

「どうだ、今の！　いったろ？」

一年の頃は、我武者羅《がむしゃら》に11秒台を目指していた。

「んー、残念！　12・15」

「だーっ、くそっ！　やっぱスタートよくないな」

「どんまいどんまい。踏切板はさっきの位置の方がよさそうだな」

「ああ……」

苦手なスタートを改善するために、色々試したりもしたが、結局中学一年のときに12秒の壁を超えることはできなかった。かつて兄は、中学一年で100メートルを11秒台で走っている。大丈夫。今は追いつけていないだけだ。来年頑張ろう。

「今の、何秒？」

中学二年に上がった年も、俺は100を専門にトレーニングと練習を重ねていた。200もちょこちょこ走っていて、いい記録が出ていたが、100の方はあまり芳しくなかった。絶対的に、トップスピードが低いのはわかっていた。

「12・02」

「……くそ」

兄はこの歳で、関東大会まで出ていた。どんなに必死に理論をさらっても、それを実践しても、筋肉が悲鳴を上げ骨が軋むほどに走り込んでも、同じ歳の兄のタイムには届かない日々が続いた。

ちょうどその頃だった。隣の利島という島から、100メートル走で全中陸上に出場したやつが出てきた。名前は、雨夜莉推《りお》。大島でも少し話題になって、俺も全中での走りを録画で見た。高速のピッチで後半一気に抜け出し、そのまま独走するそいつの姿は、否応《いやおう》なく兄に重なって見えた。俺が重なりたいとずっと願ってやまない、兄の姿に。

中学三年に上がる頃、血の滲《にじ》むような冬季トレーニングの果てに、ようやく俺は100メートルで11秒台をマークした。けれど……。

「兄弟揃って足が速くてすごいねー」

兄のことを知る人間に、久々にそんなことを言われたとき、俺は無性に苛立《いらだ》ちを覚えた。あの頃の、誇らしい気持ちなど、どこにもなかった。

「……ちげえよ」

中学三年のとき、兄は全中に出た。それに比べて俺はどうだ？　11秒台を出すのがやっとじゃないか。中学二年で全中に出たあいつにも遥かに及ばない。

俺の方が全然、遅いんだ。

俺と兄は違う。

俺と雨夜莉推は違う。

俺と、天才は、違う。

あのとき、顧問に言われるまでもなく、ずっと心のどこかでわかっていて、だけど認めることはできなかった感情。それを認めてしまった瞬間、長らく保ってきた緊張の糸がぷつんと切れて——試してみようと思っていたフォームの改善案やトレーニング方法が、頭の中にはまだたくさん残っていたけれど、もう頑張れないと思った。

そうだ。

俺は生粋のスプリンターじゃない。

才能なんて言葉は嫌いだけど、あるんだ。向き不向きって言い換えてもいい。俺の身体《からだ》は、100メートルを最適に走れるようにはできてない。ショート・スプリンターの才能ってやつは、生まれついた筋肉の性質に宿ってる。速筋《そっきん》っていうんだけど、疲れやすいけど瞬発性に優れた筋肉……優れたスプリンターの身体は生まれつきこの速筋の割合が高いと言われてて、その割合は後天的に変わることはないっていうのが長らくの定説だ。

もちろん、それがスプリントのすべてってわけじゃないし、俺だって自分の速筋と遅筋《ちきん》の割合なんか調べたことはない。もっと感覚的な話だ。毎日走ってるからわかる。兄を見てたからわかる。俺は、この身体は、スプリントの王者にはなれないっていう、漠然とした確信。

結局、俺は200に逃げた。島じゃ、一番速かった。一番は、気持ちいい。それが全国で見れば掃《は》いて捨てるほどのタイムだとしても、100よりは才能があるんだと、無理にでも信じられた。受川空斗という天才の弟であることを必死に考えないようにして、200が専門だと言い聞かせてずっと走ってきたんだ。

＊

日曜日もすることがなく、かといって家にいれば兄につかまる。

昼まで寝て、午後は元町《もとまち》港あたりをぶらぶら。椿まつりのシーズンだから、あんこさんをちょこちょこ見かける。地元の人もいるし、衣装の貸し出しもしてるから、観光客かもしれないけど、見分けなんかつかない。元町は観光の玄関口でもあるから、島の郷土料理の店とか、宿とか、土産屋《みやげや》なんかも多くて、一月から三月あたりは島外の人でにぎわっている。と言っても、試合で行った都会の駅の方がよっぽど混んでるとは思うけど。

元町港から北の方に大島一周道路をぷらぷら歩いていくと、「あれ、あんた何してんの」と甲高い声をかけられた。

椿模様の手ぬぐいに、市松模様の着物……あんこさんじゃんと思ったら、中身が酒井だ。

「おまえこそ何やってんの……コスプレ？」

俺が訊き返すと、酒井はため息をついた。

「ばーか、店の手伝いだよ」

その言葉で、酒井の家がやっている食堂の前にいることに気がついた。島じゃ結構有名なお店だ。そうか、この季節の土日はたまに手伝いだって言って部活休んでたな。こう見えて看板娘なんだ。あんこさんの格好してるのは初めて見たけど。

「今日練習……ああ、そっか。あんた出禁だっけ」

思い出したように、酒井がゲラゲラ遠慮なく笑い出すので、俺は顔をしかめた。

「何やったの、あんた」

「うるせえよ。どうせ知ってんだろ」

「リレーで揉めてたのは見てたけど詳細聞いてないし」

島には三つ中学があるけど、俺と酒井は同じ中学で、小学校も一緒だ。親同士も知り合いだけど、別に幼馴染みなんてかわいいもんじゃない。そんなこと言ったら、元町の子どもなんてだいたい幼馴染みだ。こんな小さな島で、腐れ縁もくそもない。

とはいえ酒井相手だと、あまり隠し事ができないのも昔から変わらなくて……気さくで話しやすいっていうのもあるし、そもそも勘が鋭くて言わなくてもだいたいバレちまう。

で、事の顚末《てんまつ》を話してやったら、今度は笑わなかった。

「ああ、それで雨夜へこんでたの」

酒井は雨夜と同じ二組だ。俺は一組なんで、そのへんの事情は知らない。けどまあ、あのときの顔は覚えている。

――なんでおまえが二走なんだよ。

そう言ったときの、傷ついたような顔。いや……どちらかといえば、傷をえぐられたような顔？　そんな些細な違いなんかわかるほど、仲良くもねえけど。

「なに、やっぱあんた二走走りたかったの？」

酒井に顔を覗き込まれて、俺はそっぽを向く。こいつは兄のことを知っている。雨夜のことを知っている。俺がショート・スプリントで、かつ200にこだわる理由も、しゃべったことはないけど、たぶんわかっている。

「そこはしょうがないんじゃないの。あんた100の選手じゃないんだし。100は雨夜の方が速いんでしょ？」

「直近のタイムは俺の方がいいけどな」

反射的に言い返してしまう。本来100で勝てない相手だってのは、わかっているさ。だけどどんな理由か知らんが、今のあいつが俺よりも遅いのも、事実なんだ。

「だとしても、雨夜が走らないとしたら、朝月先輩じゃん？」

「あの人は四走だろ」

俺は唸る。朝月先輩に言われたことがリフレインして、苛立ちが募る。

「いいじゃん、別に一走で。あんたにはあんたのいいところがあるでしょ」

軽い調子で言われて、俺は反射的に大声で言い返した。

「簡単に言うな！」

はっとして、気まずくなりそっぽを向く。

「簡単に言うなよ。なんだよ、俺には俺のいいところがあるって。そんな、あって当たり前みたいに言うんじゃねえよ」

誰にだって何か一つくらい、誰にも負けない何かがある、みたいな考え方は嫌いだ。甘い言葉。許される気がする言葉。悪魔の囁《ささや》き。気休めの慰《なぐさ》め。物は言いようだ。一つも勝てない人間だって、この世界には絶対にいる。

「200速いじゃん。カーブ走上手いじゃん。それは、星哉の努力の結果でしょーよ」

そうかもしれない。必死に練習してきたことも、そのタイムも否定する気はない。俺個人の適性は、確かに200が一番高いのだろう。だけど、それは別に才能があるってわけじゃないこともわかってる。わかってるんだ。

「東京だけでも、掃いて捨てるほどいるタイムさ」

俺の専門は200だ、って思う自分は、今も確かにいる。

言い聞かせるように思ってる。

小さい島で、たまたま他に競うやつがいないから、俺に敵うやつがいないからそれを選んだんだって、本当はわかってる。負けるのが嫌だから。負けるのが怖いから。俺にも何かあるって思いたいから。兄と同じだって思いたいから。チガウってとっくにわかってんのに、未だに思おうとして、現実を見ると吐きそうになるから見て見ぬふりをしてきた。0・01秒ずつ縮んでいくタイムと、それでも開いていく、スプリンターとしての兄との差……。

ずっと割り切って走っていたんだ。

考えないようにして、俺はこれでいいんだって必死に思い込んで走ってきたんだ。だけどリレーが始まって、蓋をしきれなくなっている。

かつて二走だった兄への強い憧れ。同時に、自分にはないとわかっているもの。二走じゃなきゃ、リレーを走る意味がない。兄ほどの、雨夜ほどの才能がなければ、ショート・スプリンターである意味がない。頭の中で、ずっとそう叫ぶ声がしている。雨夜莉推という目の上のたんこぶ。スランプでも、選ばれたのはあいつだ。つまり、才能だ。嫌なんだよ。あいつにバトンを渡したくない。個人的な感情だとわかってる。でも、嫌だ。俺がそこを走りたかった。認められたかった。だけどおまえが選ばれた。素直にバトンなんか託せない。苦悩、嫉妬《しっと》、劣等感《れっとうかん》、いつもその全部を込めて叩き込むようにバトンを渡してる。心の中で、俺の苦悩を少しでもわかれと喚《わめ》きながら。

俺が一走なのは、消去法だ。200を走っている理由と同じだ。いつだって俺は、自分が望んだものにはなれなかった。兄にとっての星は大島の空だった。俺にとっての星は、ずっと兄だ。届かないとわかっている。何度も諦めては、そのことに納得しきれなくてまた手を伸ばし、今度こそ今度こそと、星空を眺めたままどんどん高く飛んでいく兄を、地を這いつくばりながら追いかけている。

振り向いてほしいわけじゃない。近くに並びたいだけなんだ。

「相変わらずブラコンだな」

と、酒井が笑った。

「はあ？　ふざけんな」

言ってねえだろ、そんなことは。

「滲み出てんだよ。空斗さんに負けたくないって。昔から。意識し過ぎ。キモイ」

「おまえ、喧嘩売ってんの？」

きゃー、殴る？　と酒井が急にかわいこぶるのでその気も失せる。

「上ばっか見てないで、たまには下見てみればいいじゃん」

酒井は尻をぽんぽん叩《はた》きながら立ち上がった。

「自分が歩いてきた道。ずっと上見て追いかけて、どれだけ差が縮んだのかに目が眩んでるから、自分自身の成長が目に入らないんだよ」

「はあ？　自分の成長なんか、嫌ってほど……」

酒井はこれみよがしにため息をついた。こりゃ重症だ、とでも言いたげに。

「ったく、贅沢だなあ。いいじゃん、リレー走れるだけ幸せだよ。私にはハードル仲間どころか、同性の部員すらいないってのにさ」

似合わない椿の手ぬぐいを巻いた酒井は、唯一の女子部員で、唯一のハードル選手で、いつも一人でハードルを並べている。小学校の頃から足は速くて、たぶん俺よりショート・スプリンターの素質はあるのに、ハードルにこだわり続けている。憧れの選手がいるとか言ってたっけ。名前、忘れたけど。俺なんかよりよっぽど健全な理由だし、いいんだけどさ……。

「自分だけが苦悩してるみたいに思うんじゃねえよ」

酒井がぽつりと言った。

「みんな苦しいし、悔しいし、しんどいんだよ。それは空斗さんだって雨夜だって、同じだよ」

酒井は「私だって」とは言わなかった。でも今年の春にハードルの新入部員が入らなかったら、二年になってもこいつは一人でハードルを並べ続ける。一人で走り続ける。自分で倒したハードルを、自分で直して、また走る……ああ、そうだ。こいつのその姿は、なんだか想像できる。

＊

星を見に行こう、と兄が言った。翌日に出禁が解除される、二月中旬の日曜日のことだった。

「星なんか見飽きてるよ」

「まあそう言うなよ。俺は久々なの」

兄はニコニコしている。

「ここ二週間毎日眺めてたじゃん」

「外で見たくてさ。赤禿《あかっぱげ》まで行こう」

気乗りしなかったけど、兄がニコニコ顔を崩さないので、俺は仕方なく重い腰を上げた。

「走るか」

チャリもあるけど、兄がそう言うんで走ることになった。少し寒いけど、走っていればすぐ暑くなるだろうし、ジャージは羽織らずにランニングシューズだけつっかけて外に出る。

「最近走ってんの？」

俺が訊ねると、屈伸していた兄は「あんまり」とかぶりを振った。

「こう見えて大学生って忙しくてね。そろそろ進路も考えなきゃだし」

兄は大学三年生だ。春には四年になる。

「どうすんの？　就職？」

「どうだろうなあ。研究続けるなら院だけど、また試験勉強しなきゃだし」

兄は笑いながら靴紐を締め直して、立ち上がった。

「行くか」

兄が俺を促す。兄は前を走らないのだと突然思い出し、俺はゆっくり走り出した。

うちは元町という、大島で一番にぎやかな界隈にある。大島の人口の三割はそこに集中していて、渚台高校の生徒も概ね元町在住だ。そこから島北端の野田浜《のだはま》へ向かう海沿いの道は〝サンセットパームライン〟と呼ばれていて、サイクリングロードとして有名な一方で、昔から俺のランニングコースにもなっている。距離にして五キロほど、ちょうど大島空港の西側を走る形になり、たまにヘリや飛行機の離着陸が見えたりもする。さすがに毎回野田浜までは行かないけど、高低差が大きい赤禿あたりで折り返して戻ると往復で五キロくらいになる。ほとんど人とすれ違わないし、信号や車も気にせず走れて気持ちのいい道だ。

その名を表すかのように、申し訳程度にぽつぽつとヤシの木が植わった道は、日暮れ時には茜色に染まる。夏だと、空と海に挟まれた青い水平線上に、真っ白な雲が浮かんで、それを見ているだけでなんだか胸がむくむくと膨らんでいくような、大きな気持ちになる。この季節は空気が冷たくて、澄んでいて、空が高い分、自分が小さくなったように感じる。

ペースはあまり加減しなかったが、兄の足音は一定の間隔を空けてずっとついてきた。

風と、二人分の足音と息遣い。

昔はよくこの道を兄と一緒に走ったっけ。

俺は兄の背中をあまり覚えていない。

小さい頃はそうでもなかったけど、いつしか俺の方が速くなった。兄は、持久力がなかった。短距離じゃ敵わないけど、長距離ランニングすると先にバテるのはいつも兄だった。だから兄は、常に俺の後ろを走っていた……。

無意識に、いつもよりハイペースだったようだ。

少しずつ息が上がってくる。それでも俺は意地になってそのスピードを維持する。

都心よりは暖かいと兄は言うけど、二月の風は肌をきりきりと刺す。

人気《ひとけ》のないサンセットパームラインはほとんど街灯もなく、真っ暗だ。ネックライトの明かりは少し頼りない。

ただ、その分星空は綺麗だ。

俺はこの星空しか知らない。

大島の空、ってわけじゃないんだ。池袋《いけぶくろ》から見たって、空は空だ。池袋では見えないものが、ここでは見えるというだけ。

だけどきっと、俺が見ている空と、兄が見ている空は違う。

俺は兄とはチガウ。

海の向こうに陸地の影が見える。大島は、伊豆半島から三十キロも離れていない。だけど遠い。俺にとっては、夏の蒼空みたいに遠い場所だ。不意にどす黒い思いが胸のあたりからドロドロとあふれ出して、足に絡まって、苦しくなる。

赤禿が近づいてきた。はっきりは見えないけど、距離感でわかる。スコリアの影でわかる。水平線には伊豆半島の明かりが見えている。展望台で立ち止まると、少しして兄も追いついてきて、止まった。肩で息をしている。汗だくだ。「兄への労《いたわ》りが足りねえ……」とかぼやいているけど、無視。

「ああ。すげえ」

兄がつぶやくように言った。

その感慨に満ちた言葉は、ここ以外の星空を知っている人間のものだ。俺にはその「すげえ」はよくわからない。俺はこの空しか知らない。

「星を勉強したいって島出たのにさ、島の方がよっぽど星に近いんだから皮肉だよな」

「都心の空って、そんなに暗いの？」

「おお、オリオン座がかろうじて見えるくらいだよ」

ここだって、星の数が多過ぎて逆にオリオン座なんかわからない。俺が星に興味なさ過ぎるだけかもしれないけど。

夏になると、天の川が見えることがあるんだ。それだけはなんかすげえって思う。なんだかすごいものを見てるんだ、って思う。でも普段の星空は、遠くに見える伊豆半島の、無数の光とあんまり変わらない。少なくとも、俺にとっては……。

「おまえさ、リレーどうなの」

急にきたな、と思った。

朝月先輩と会ったのかもしれない。あるいはメールか。電話か。なんだって同じだ。何も言ってないけど、部活に出てないことはバレてるはずだ。

「別にどうでもいいよ、リレーなんか。俺の専門は２００だし」

また言ってる……と自分で嫌になる。

「二走は雨夜くんでしょ。彼、速いよね。ちゃんと渡ってる？」

「渡ってるよ。ちゃんと渡してる」

俺はいらいらと答える。兄が雨夜の名前を出すことにいらいらする。やはり朝月先輩と話したな。俺は自分が一走であることは言ったが、それ以外の走順については伝えていない。

「昔さ、俺、金守《かなもり》と仲悪かったのよ。なのに一走と二走になっちまってさ」

突然なんだよ、と思う。金守さん……兄の現役時代、リレーで一走を走っていた人だ。何度も会ったことがあるわけじゃないけど、兄と仲がいいのは知っている。確か宇宙工学とか、そっち系で、将来はNASAだかJAXAだかを目指してるって。ロケットが好きなんだ。星好きの兄の同類。元々仲が悪かったなんて話は、初めて聞いたけど。

「でもあるときふっと、パズルのピースみたいに綺麗にハマった瞬間があったんだよね」

「ハマった瞬間?」

脳裏を雨夜の顔がよぎる。俺は頭を振ってそれを追い出す。

「一走のおもしろさは、ロケットを飛ばすことだなんて言ってたな」

兄は懐かしそうに笑ってるけど、俺はまったく意味がわからない。

「つまり、あいつにとっては二走がロケットだったわけよ。俺に初めて綺麗にバトンが渡ったとき、ああ打ち上げ成功だって思ったらしい。あいつがロケット馬鹿だってことも、そのとき初めて知った。そこからぐんぐんタイムが伸びたんだから、それこそ馬鹿みたいな話だけど」

「……一走はブースターだって言いたいわけ?」

ロケットの打ち上げ《ブラスト・オフ》に際し、カウントダウン・ゼロの瞬間に派手に火を噴くブースターは、ロケットという特大質量を遥か宇宙へ飛ばすために必要となる莫大な推進力を補助するための装置——以前金守さんが言っていたっけな。その多くは燃料を使い果たした後、本体から切り離され投棄される。どこまでも本命の前座ってワケだ。

「リレーってさ、不思議な競技だよな」

人の話を聞いているのか聞いていないのか、兄はのんきな口調で話を続けた。

「四人のベストタイムの合計より、リレーのタイムの方がよかったりする。つまり、バトンで縮んでるわけだ。個人競技が多い陸上の中でさ、そういうチームワークが結果に直結する競技は珍しいよな」

俺は鼻を鳴らす。

「純粋な走力の勝負じゃないって意味じゃ、邪道《じゃどう》でしょ」

「まあ、陸上ってそういうとこあるからな。己の身一つ、その力を限界まで振り絞って戦うだけに、一切言い訳がきかない。サーフェスのコンディションとか、風とかはあるだろうけど」

「でもリレーは、バトンっていう言い訳が入る余地がある。それがつまんねえ」

俺は吐き捨てるように言う。なんでこんなにリレーをけなしたいんだろうな。

「かもな。でもさ、俺はサトセンが今のおまえらにリレーやらせたい気持ち、なんとなくわかるよ」

と、兄は笑った。サトセンが、リレーをやらせたい理由？

「ただバトンを繋げばいいだけじゃないんだ」

真っ暗だけど、兄の目はうっすら見える。大島の星空が映り込んで、兄の目の中にプラネタリウムがあるみたいだ。ずっと星を追いかけている兄の目だから、そう見えるのだろうか。俺の目には兄が映っている。今も昔も……。酒井に言われたことをふっと思い出し、頭を振る。

「綺麗に、スムーズに、無駄なく渡そうと思ったら、結局お互いのことちゃんと知るしかない。そいつのくせとか、性格とか、その日の調子とか……そういうの全部わかってて、初めて完璧なバトンパスができるんだ。そいつのこと、なんも知らなくて、本気のバトンなんか渡せねえよ。チームメイトのこと知らずに、本物のリレーなんかできねえよ」

穏やかだけど、強い調子だった。あの頃を思い出したように、遠くを見ている目だった。だけど、俺を見ている目だ。俺の中の、何かを見透かしている目だ。

エースの前座。そんな気持ちで一走を走ってたら、きっと雨夜というロケットは飛ばない。頭のどこかじゃわかってる。けど、それがなんだって言うんだ。

「いいよ別に。本物のリレーなんか……」

「そうか？」

なぜか兄はニコニコして言った。顔は見えなかったけど、ニコニコしていると思った。

海から夜風が吹いてくる。「あー、やっぱ気持ちいいな」と、兄が笑い出す。

「この島にいるとさ、無性に走りてえって思うんだ。なんでだろうね？」

「さあ……」

と言ったけど、それは、少しわかる。

いや、かなり、わかる。

兄の背を追ってこの道を走り続けた幼き日の気持ちを、俺はもうよく思い出せない。

だけど、わかるような気がする。

わかるから今日、俺はここまで走ってきたのだと思う。

今日までずっと、走ってきたのだと思う。

＊

復帰してもグラウンドはやっぱりでこぼこで、ラインを引きながら何度も舌打ちしていたら「感じワルゥー」と酒井に煽られる。朝月先輩がサトセンとリレーの練習方法について話している。脊尾先輩はまだ来ていない。

雨夜の姿が少し遠いところに見えて、俺は微妙に距離をとった。出禁が明けてもう三日ほどになるけれど、俺は未だに雨夜としゃべっていない。元々大してしゃべるわけでもないけどさ。

復帰後、練習前に謝罪はさせられた。雨夜への暴言と、リレー練習を勝手にサボったこと。心からの反省だったかはともかく、ちゃんと謝った。で、練習に戻る条件は出禁で頭を冷やすことと、戻ってきたらリレーの練習に出ること。だから、リレー練習にも復帰しているけど、状況は出禁前と何も変わっていなかった。頭冷やすべきだったの、俺だけじゃなかったんじゃないの?

まあ、しょうがねえ。200に出たかったらリレーも出ろ、というのが部長の方針らしい。いや、サトセンの方針なのかな? よくわからない。200へのモチベーションも微妙に落ちてる俺としては、もはやどうでもいい。

一応頭を冷やした結果として、リレーのときはひたすら無心になることにしていた。心を殺す。何も考えず、とにかくバトンを雨夜に渡す。というか、雨夜だとは思わないようにしてる。もちろんそんなんで上手くいくわけもなくて、俺だけじゃなく、雨夜から脊尾先輩へのバトンも、脊尾先輩から朝月先輩へのバトンも、改善されているとは言い難く、つらつらと頭をよぎる「なんのためのリレーなんだ」という思いを押し殺しながら、今日も俺はリレー用のラインを引いている。オーバーハンドパスの最低限の技術みたいなものは、少しずつ身についていたけど、それだけ。

季節は春に近づきつつあった。二月は終わろうとしている。椿のシーズンが終わると、大島桜の季節になる。もうすぐ春休みだ。インターハイの予選なんて、あっという間にきちまう。

二月の最後の土曜日のことだった。大島町陸上競技場が借りられたので、400メートルトラックで練習することになった。リレーも一応予定には入っていたけど、ぼちぼち暖かくなってくるんでメインはスタート。もちろん、みんなもうスタートの技術自体は身についているので、どちらかというとスタートの確認。

陸上競技場は場所にもよるけどだいたい8レーンあって、それぞれカーブの傾斜が違う。100メートルを走るやつは気にならないだろうが、200走者にとっちゃ内側のレーンを走るのか、外側のレーンを走るのかは重要な要素だ。内側の方が不利だって、基本的には言われてる。カーブの傾斜がきつくて、曲がるのが難しいからだ。ただ内側からは他の競技者が全員見えるという特徴もある（もっとも、これがメリットなのかどうかは、走る人の捉え方による）。ちなみに、シードレーンと呼ばれるのは3～6レーンだ。そういう意味だと、真ん中のレーンが一番有利なのかもしれない。とはいえこのへんは個人の好みの問題も絡んでくるし、一概には言えない。俺個人としては、可能な限り外側の方が嬉しい。

さらに言うと、公式の陸上競技が行われるレーンの幅、これは1・22メートルと決まっている。つまり、かなり幅がある。だから、コーナーを走る選手はこの一番内側を走るようにしないと、距離で損をする。トラック競技は反時計回りと決まっているので、左側だ。だから俺にとっては、そのへんの練習でもある。

重要なのは、レースでどのレーンを走るかは本番までわからない、ということ。だからどのレーンになっても大丈夫なように、すべてのレーンを練習する。モチベーションが上がらないとか言いつつ、ちゃんとしたトラックに来ると気持ちがそわそわしちまう。この気持ちだけは、昔から変わらない。

1レーンにスタブロを置いて何度かショートダッシュを繰り返した後、俺はあたりを見回した。誰かにスターターをやってほしかったのだが、もう一台のスタブロは雨夜が使っていて、サトセンがスターターをしている……あ、ちょうど出た。朝月先輩はトラックの反対側で脊尾先輩とバトンパスを練習している。余っていそうなのは、おそらくこの後、雨夜のスタブロを使おうとしている酒井だ。

「酒井」

声をかけると、微妙に嫌そうな顔をされた。何を頼まれるかわかったのだろう。

「スタートやってくれ」

「えー」

とか言いつつ、酒井はこっちに歩いてきた。こういうとき、うちの部の人数不足を痛感する。そして紅一点の酒井は俺たち以上に、日頃からこの気持ちを感じているのだろうな、とふと思う。

「イチニツイテ」

二度、軽くジャンプしてから地面に手をつき、まず左足、それから右足を後ろの踏切板に乗せる。

「ヨーイ」

腰を上げて静止。

「ド!」
ン、が聞こえる前に右足を力強く踏み込んだ。
一歩、二歩、三歩。スパイクがウレタン樹脂《じゅし》の地面をとらえる。

蹴ると、地面から力が跳ね返ってくる。その力をしっかり受け取って、前へ、前へ。

ぐんぐん加速する。

スピードを感じる。

冬のトレーニングの成果、少し出ているか。

あと、やっぱりちゃんとしたトラックは違う。

気持ちいい。

感じる風が全然違う。

いい具合にトップスピードに乗ったところで流した。すーっと力を抜いて減速し、立ち止まる。今のスタートはよかったな。しっかりトップに乗れた感じがした。

そのまま一周歩いて戻ってくると、スタブロのところにまだ酒井がいて、その隣には雨夜がいて、俺はぎくりとして立ち止まった。何かしゃべっている？　酒井が気がついて、ニヤリとしながら俺を指差した。

「耳がいいんだよ、コイツ」

いきなりなんだよ、と思って目を白黒させる。

「耳？」

「そ。たぶん、誰よりも最初にピストルの音が聞こえてる。だから反応が早い」

「へえ……」

「なんの話だよ」

なんの話かはわからないが、俺の話をしているのはわかる。若干不機嫌な声を出すと、雨夜が慌てたように首を振った。

「いや、今のスタートすごいよかったなって思って……」

スタート？

「雨夜、苦手なんだってさ、スタート。緊張するからって」

酒井が助け船を出す。

なんとなくわかってきた。こいつら、二人とも俺のスタートを見ていたのだ。まあ、雨夜があまりスタートが得意そうでないことは知っていたが……。

「練習で緊張もくそもないだろ」

と言うと、とたんに酒井が眉をひそめて雨夜に言った。

「ほらな、こいつこういう性格だから。だから緊張しないんだよ。図太いの。性格悪いの」

雨夜が形容しがたい表情になっている。

「うるせえよ。俺だって緊張くらいするわ」

「あー、そうね。走る前いつもぴょんぴょんするもんな」

酒井は何がおもしろいのか、ニヤニヤしている。

「いや、それただのルーティンだし……」

俺がスタブロに足を置く前に、二回ジャンプすることを言ってるんだろう。

「ルーティン？」

と、雨夜が不思議そうな顔をした。おまえ、そんなことも知らんのか。

「ほら……テニス選手がサーブの前に、決まった回数ボールをつくだろ。あれと一緒だよ。練習と同じ動作をすることで、いつも通りだ、って自己暗示かけるんだ。他にもリズム作ったり、体動かすことでほぐしたりとか、色々あると思うけど……」

雨夜が意外そうな顔をしている。

「雨夜はあんまり知らないだろうけど、こいつ、陸上オタクだから。詳しいよ、こういうの」

ああ、そういう意味。

「悪かったな、陸上オタクで。俺は天才じゃないから、理詰めなんだよ。スタートだって元々苦手だったから色々勉強して練習して、得意にしただけ」

その原動力がたぶん兄だった……というのは黙っておく。ついでに、全国レベルで見たら特別上手くもねえけどな、という僻《ひが》みも。俺は鼻を鳴らしてメジャーを取り出し、長さを測りながらスタブロの位置を変え始めた。次は2レーンだ。

セットし終わって顔を上げると、雨夜がまだそこにいた。酒井は直線のスタブロの方に行っている。

「まだ何かある？」

訊ねると、雨夜は「んー」とスタブロを見つめている。

「なんか、斜めってない？」

俺はため息をついた。こいつ、マジで直線しか走ったことねえのか？ それとも、中学にろくな指導者がいなかったか……どっちもあり得る話だ。そのくせ全中選手とか、とことんイヤミなやつだな。

「わざと角度つけてんだよ。リレーもそうだけど200のスタートはカーブだから、内側に切り込むように走ってかないといけないの。レーンの内側走れば最短距離だろ？ 外側に膨らむと、その分距離が延びて、無駄に走らなきゃならなくなる。

100だとまっすぐに置くだろうけど、コーナースタートだと斜めに置くもんなんだよ、スタブロって」

「へえ……」

いや、感心した顔するなよ。

「そっか。受川って、カーブ上手いから。膨らまないし、直線走ってんじゃないかってくらい綺麗に走ってくるなあっていつも思ってたけど、スタートからちゃんと工夫してるんだな」

「当たり前だろ」

俺はぶすっとして答える。雨夜は急に俺との気まずさを思い出したみたいに目を泳がせて、

「ごめん、練習邪魔して。だから一走なんだなあって思っただけ」

そう言って戻っていった。

だから一走なんだなあって思っただけェ？　何言ってんだあいつ……。

リレー練習が始まる。サトセンがスターター、酒井がサポートとして、練習の様子をビデオに撮ってくれることになった。

一本目。最近はずっと無心で走っていたから、どんなふうに一走を走っていたのかも思い出せない。まあ、走り出せばなんとかなるだろと思いつつ、いつものよう

に上手く無心になれない。なんでだろう。さっき雨夜に余計なアドバイスしちまったせいかな。

二走の雨夜が見える。そういえばさっき、過去最高に長くしゃべったな、あいつと。フツーにしゃべれんじゃんと思った。クラスだとどんななのか、そういえば知らないな。

いかん、集中集中。

「イチニツイテ」

軽くジャンプして、スタブロに足を置いた。それからいつもより少しだけ時間をかけて、コース全体を見渡す。雨夜の背中をもう一度見る。なんとなくマーカーの位置も確かめる。俺が気にする必要なんか、ないのに。

——いや、今のスタートすごいよかったなって思って……。

——受川って、カーブ上手いから。

——だから一走なんだなあって思っただけ。

うるせえな。うるせえよ。酒井と同じようなこと言いやがって。

おまえに言われたって、嬉しくねえんだよ。

——星哉は一走向いてそうだもんな。

なんで今、兄貴の言葉を思い出すんだよ。

勝手なこと言うんじゃねえ。上から目線なんだよ。俺の価値は俺が決めるんだ。

俺の走りで証明するんだ。天才に認めてもらう必要なんか、憐れみなんか、いらねえんだよ。

頭を振った。

午後の風が耳元でバタバタ言っている。

海が近いんだ。このあたりは波浮《はぶ》という。ここも港だけど、元町とは違ってノスタルジックな町並みが残っていて、歴史を感じる町だ。

「ヨーイ」

腰を上げる。まっすぐに、スタートラインの少し手前を見つめる。

「ド」

ン。

走り出す。いいスタート。3レーン。カーブの内側を一歩二歩三歩と狙った場所を踏んでいく。ストライドは大きく。加速に合わせてピッチを意識する。地面からの反発を推進力へと変え、0・01メートルでも前へ、0・01秒でも速く。

上体を起こしたところで、ちょうど真後ろから追い風が吹いて、ぐんっと背中を押された。

トップスピードに達する。

あっという間にマーカーを越えて、雨夜が走り出した。

テイク・オーバー・ゾーン。

「ハイッ」
合図。雨夜の手が上がる。
ふっと、低いなと思う。
いつもより、ということじゃない。
元々低かったが、今気づいた、という感じ。
雑念で集中が途切れた。
いや、逆だ。集中していなかった。
いつもは無心で、雨夜だと思わずに渡している。
でも今日は、雨夜であることを意識し過ぎている。
無我夢中で突き出したバトンは、雨夜の手にやや上から被せる形になった。
一瞬やべっと思うが、すっと渡った。
雨夜の背中が、すぱーっと遠ざかっていく。
そのとき、あれ？　と思った。
なんだ？　何が引っかかった？
朝月先輩が走り終わって、ぼーっとしていたら、酒井が寄ってきた。
「ビデオ見る？」
「……んあ」
間抜けに返事をして、差し出された直前のレースの映像を、俺は一、二走間だけ何度か見直した。

スタート……ここは問題ない。そこからカーブの内側を走って、マーカーを越える。雨夜が出る。ここもまあ、まだ何も起きていない。足長は調整すべきかもしれないが……ああ、ここだ。合図で雨夜の手が上がる。俺も手を上げている。横からの角度なのでよくわかるけど、雨夜の手の位置が、俺からするとかなり低い位置にある。普段はあの位置に対して、後ろからバトンを入れにいってるのか？　でもさっきはとっさに上から被せるように渡した……。

「身長差……関係あるのか？」

俺が独り言ちると、横で見ていた酒井が首を傾げた。

「バトンパスに？　まあ多少はあるんじゃないの。あんたと雨夜、頭一つ分くらい差あるよ。二十センチくらい違うんじゃないの」

「そんなに？」

俺が百七十八だから……あいつ百六十くらいしかないのか？

雨夜が二走のスタートラインに戻ってきている。確かにチビだ。あいつの頭の位置、俺の肩くらい？　ってことはあいつがいつも手を上げている位置は……俺の鳩尾《みぞおち》あたりになるのか？　低いな。あの低さに向かって後ろから渡すっていうのは、俺からすると相当腕を下げないといけない。

オーバーハンドパスってのは基本的に、お互いにしっかり腕を伸ばした状態でバトンパスすべきものだ。利得距離を稼ぐために。だけど肩の高さが違う俺と雨夜が、互いにまっすぐ腕を伸ばすと、結構な高低差になる。今までそれを埋めるために、無意識に腕を曲げて渡していたようだ。ここをきちんと考えたことはなかったな。たぶん走順が逆でも、きついはずだ……って、なにを真面目に考えてんだ、俺は。

「雨夜！　ちょっと！」

酒井が勝手に呼びやがった。

「なに？」

俺が酒井を睨んでいる間に雨夜が来ちまったので、しょうがなく一緒にビデオを見る。

「おまえ、何センチ？」

ついでに訊いておく。

「身長？　百六十」

「ああ……なるほど」

やはり二十センチ弱差があるな。二十センチか……。

「え、僕がチビなせいでなんかある？」

「違う違う。星哉がでかいせいせい」

「酒井ちょっと黙ってて」

俺はもう一度ビデオを巻き戻す。

問題はバトンパスの高低差……ここだ。一時停止した画面の中、雨夜は後ろにまっすぐ手を伸ばしている。これは問題ない。むしろ、今より上げさせると加速が悪くなるだろう。ただでさえオーバーは加速が悪くなりがちなバトンパスだし、そもそも肩の可動域的に無理だ。つまり、この高低差を調整すべきなのは、渡し手である俺。そこは変わらない。

ただ、今みたいに大きく腕を曲げると、利得距離で損をするだけでなく、バトンパスが詰まりがちになる。詰まるとオーバーはミスりやすい。そうか。そういえばバトン落とすときはだいたい詰まってたな。なら……、

「ダウンスイープ」

オーバーハンドの中にも種類があって、今までは〝プッシュ〟でやろうとしていた。つまり、バトンを立てた状態で、次走者の手のひらに後ろから押し込むように渡す方法だ。でも俺たちの身長差を考えると〝ダウンスイープ〟……つまり、上からのせるように渡す方が自然なのかもしれない。その方が多少バトンを寝かせられる分、利得距離も稼げる。なにより、俺も雨夜もフルに腕を伸ばしたままでいいはずだ。

「今まで後ろからきてたバトンが、上からくるようになるってこと？」

雨夜が訊いた。

「まあ、今までも上気味ではあったと思うけどな」

俺はつぶやく。

「バトンを寝かせることになるから、今まで俺の方に向けてた手のひらを、空の方向けて……そうしたら、そこに向かって上からのせれば……」

独り言のようにぶつぶつ言う俺に、雨夜は自信なさげにうなずき、二走の位置に戻っていった。

レーンを一つ外側に移して、もう一度走ることになる。全員が持ち場につくのを待つ間、俺は何度かバトンパスの素振りをして、ダウンスイープのイメージを作る。

……っていうか、ほんと、なにマジになってんだろ。リレーだぞ。どうでもいいと思っていたリレーだ。なんで今さら……馬鹿馬鹿しい。

「イチニツイテ」

ちょっと試してみたいだけ。そうだ。思いつきを試すだけ。試さないと気が済まない、俺の悪い癖だ。まあ、いいさ。退屈なリレー練習、少しは有意義に活用しないとな……。

「ヨーイ、ドン」

頭の中でぶつぶつ言っていたせいで、スタートの反応が若干遅れた。今日は結構走ってるし、そろそろ疲れも溜まってる。重い足に鞭打ちながら、スパイクのピンで地面を手繰り寄せるように、腕をしっかり振ってぐいぐいと走っていく。

マーカーを越えて、雨夜が走り出した。

一瞬、その背中が、兄の背中に重なって見えた。

「ハイッ」

雨夜の手が上がる。

俺の手も上がる。

いつもは近づいて、腕を曲げて、後ろからプッシュだ。

俺はそのイメージを振り払うように、バトンを持つ右腕をまっすぐに伸ばした。

そうすると、雨夜の左手がすぐ下にあった。

そのまますっと、そこへ置くように、ぽんとバトンをのせて、放した。

「あっ」

雨夜がつかみ損ねて、ぽーんとバトンが跳ねていった。

まずった。今のは俺だ。放すのが早かったな。

落っこちたバトンを、雨夜が慌てて拾い上げ、脊尾先輩のもとへ走っていく。

「ハイッ」

渡し方はわかった。ダウンスイープの方が断然やりやすい。あとは、もっと雨夜の手のひらにしっかり置いてやらないと。そこはプッシュと一緒。で、雨夜が引っ張るまで待つ。それと利得距離はたぶん、もっと延ばせる……。

「ハイ」

トラックに目を戻すと、脊尾先輩から朝月先輩へバトンが渡るところだ。ここはいつもゆっくりだな。朝月先輩はせっかく速いのに、全然加速してもらえてないから、三、四走間でタイムが縮まないんだ。そういや、雨夜って加速走どれくらいだっけな。

――そいつのこと、なんも知らなくて、本気のバトンなんか渡せねえよ。

……ああ、くそ。

くそっ。くそっ。認めたくねえ。

改善なんかどうだっていい。バトンなんかどうだっていい。

自分のパスで二走が飛ぶように加速していったら最高に気持ちいいだろうなんて、そんなこと絶対……。

でも、朝月先輩が走っているのを見てたら、うずうずしちまうんだ。ああくそ。早く終わらねえかなって。もやもやするんだ。リレーの全力練習なんて、日に何本もやるもんじゃねえけど……早く試してえって思ってる自分がいるんだ。

雨夜の方を見ると、あいつもすでに気持ちは次の一本に向いていそうだった。今までに見たことのない、その深く集中した横顔を眺めていると、ふっと、脳裏にかつて兄が走った関東の舞台が浮かんだ。

今までその光景を思い浮かべるとき、俺は二走を走っていた。

でも今は……今の俺は、クラウチング・スタートでスタートラインに構えている。

空気に落ちる、号砲の最初の波紋を、静かに待っている。

断捨離ロッカーを開けたら、とたんに物がわらわら落ちてくる。まったく、そろそろ掃除しないとだめだな、ここ。椿柄の便せん……島のおみやげ？　五年くらい前の陸上競技マガジン……ゴミ箱に捨てろ。退部届？　誰のだよ、出すならサトセンに出せって。

目当てのものは奥の方に眠っていた。兄も使っていた、きちんとした競技用のアルミバトン。素知らぬ顔で部活に持っていって、本当はもう少し早く見つけてたって話は、なんとなくしそびれた。まあ、いいだろ。いつか言うよ。笑い話にできるようなときがきたら。

＊

三月。俺たちは、その場でバトンパスをする練習からやり直した。

オーバーハンドをダウンスイープにしてから、雨夜へのバトンパスは劇的にやりやすくなっていた。でもそれだけじゃだめだ。互いの呼吸。走りの癖。調子のよし悪し。俺は走ってきた後渡すし、雨夜はこれから加速するタイミングでもらう。そのとき、お互いがどんな状況なのか。疲れているのか。それともまだまだ走れるのか。どれくらい加速できているのか。そのうえで、テイク・オーバー・ゾーンのどこで渡すのが適切なのか。考えることは、いくらでもある。

ヨンケイは100メートル×4だけど、それぞれが走る距離はきっちり100メートルずつじゃなくていい。速いやつが120メートル走って、遅いやつが80メートル走るのもありだ。テイク・オーバー・ゾーンを出ない限りは。二走はエース区間だし、だいたいの二走は加速距離も合わせて100メートル以上走る。うちの場合は当然、雨夜が、ということになる。

「おまえ、加速走のタイムは？」

「あー……」

雨夜は記憶を探るように目をぐるぐる回していた。

加速走っていうのは、あらかじめ加速しておいて100メートル走るってだけなんだけど、このタイムは結構個人差が出る。まあ、加速走と普通の100メートル走の差がでかいってことは、それだけスタートが下手ってことなんだけど……。

で、聞いたら雨夜はやっぱり、加速走の方が断然タイムがいい。スタートが苦手ってこともあるだろうが、やはりトップスピードがかなり出てるってことなんだろう。

「なら、きちんと加速した方がいい。もう少しテイク・オーバー・ゾーンの後ろでバトンもらうように調整しろよ。そしたら脊尾先輩にもっと追いつけるはずだから、先輩の足長が延ばせる」

「ウーン、やってみる……」

難しい顔をする雨夜を見る俺は、今どんな顔をしているのだろう。

完全に割り切れたわけじゃない。俺は今でも複雑な感情をバトンに乗せて雨夜に渡している。それはきっと、バトンを通じて雨夜にも伝わっているだろうと思う。

別にスピリチュアルな話じゃなくて。バトンの力加減とか、丁寧さとか、そういうところで。

けど最近の俺は、自分が一走であることに納得できない以上に、一走として何ができるのかを考えちまっている。ちょっと油断するとすぐにどうすればバトンが綺麗に渡せるかを考えている。今さら手遅れだ。ダウンスイープを提案しちまった時点で。リレーの勝敗を大きく左右する二走を、スムーズに加速させ送り出す一走は、役割的に見れば確かに〝ブースター〟。わかっちゃいるけど、そんないきなり素直にもなれねえし。せいぜいめんどくさそうな顔をして走ってるけど、酒井には見抜かれてててニヤニヤされるんだ。腹立つな、まったく。

その場でのバトン渡しを繰り返して、渡しやすさと利得距離のバランスを見極め、互いにこれくらいの位置で渡したいというのをすり合わせて体に叩き込む。それができたら、少しずつ走りながらやってみる。バトンジョグ。スピード五割くらいで走ってバトンパス。七割くらい出すと、ちょいちょいミスが出る。スピードが上がるほど、自分の手をブレずにまっすぐ伸ばすってのが難しい。雨夜の手が小さくて、たまに空ぶる。

ふと、見ていたサトセンが珍しく口を開いた。

「受け取る手の指の開きかな。もう少し、親指と人差し指で綺麗にＶ字作って、それがバトンの正面にくるようにしてあげると、走ってくる人がまっすぐ入れやすいと思います」

それから、何事もなかったかのように、朝月先輩と脊尾先輩の方を見に行ってしまった。

「……俺らに言った？」

俺はきょとんとして、雨夜と顔を見合わせた。

「うーん、たぶん……」

疑いつつ、サトセンに言われた通りにしてみると、バトンは確かに渡しやすかった。

七割のスピードでも、利得距離をきちんと稼げるようになってきた。

春休みも終わりに差し掛かった頃、学校へ行きグラウンドにラインを引いていると、見知らぬやつがぽつんと立ち尽くしてこっちを見ていた。目深にキャップを被っているが、不審者って感じはしない。たぶん同じ年頃だ。でもうちの生徒じゃない気もする。

今日は雨夜が利島に帰っていて、脊尾先輩も本州の実家に帰省している。練習には朝月先輩と酒井が来るはずだが、まだグラウンドには俺しか来ていない。

「何か用ですか？」

仕方なく声を張って訊ねると、向こうはびくっとしたように左右を見回し、それから俺の方を二度見した。

「陸上部の方ですか？」

俺は黙ってうなずく。

「一年生って、何人います？」

「誰の知り合いです？　一年は俺以外に、酒井って女子と雨夜って男子がいますけど」

雨夜の名を口にした瞬間、わかりやすくそいつの肩が強張ったので、ははーんと思う。あいつの知り合いにしては、タイプがだいぶ違うように見えるけれど。

「雨夜、今日は来ないですよ。実家帰ってるんで」

「あー……そっちだったか。間が悪かったな」

苦笑いを浮かべ、そいつは校庭に目をやった。

「200ですか？」

俺が引いていたラインでわかったようだ。今日はリレーのメンバーが揃わないので、200の練習をするつもりでカーブを引いていたのだ。400トラックの、ちょうど半分。

「大変ですよね、毎回ライン引くの。学校に400トラックがありゃ、こんな苦労しないのに」

「陸上部？」

俺が訊ねると、彼はかぶりを振った。

「元、です」

「ってことは雨夜のチームメイト」

「んー、まあ、友だちですかね。同郷です」

ということは、利島の。あの島は高校がない。だから雨夜も大島に来ているわけだが、俺の知る限り同学年に利島出身のやつはあいつしかいなかったはずだ。

「あいつ、どうですか？　ちゃんと走れてます？」

「いや、本人に訊けば。友だちなんデショ」

めんどくさくなって突き返すと、そいつは妙に苦そうな笑みを浮かべた。

「まあ、リオがそう思ってるかは微妙っすね」

「会いに来たんじゃないの？」

「まあ、そうなんですけど」

めんどくせェ。雨夜と何があったのかは知らないが、そんな強張った顔で何を話すつもりだったのか。

「100は、スタートがド下手。要領悪《わり》ィし、メンタル豆腐だし」

ただまあ、と俺は渋々付け加える。

「絶対スピードは、確かに高《たけ》ェ」

むかつく気持ちは今もどこかにある。やつは俺が持っていないものを持っている。兄と同じものを持っている。一人のショート・スプリンターとして向き合うことは、まだ俺には難しい。

だけど、ともに走るリレーのチームメイトとしては……二走のポテンシャルを考えたとき、その速さに対する感情は〝嫉妬〟と呼ぶにはいささか青く、透明過ぎる。信頼している、とまでは言わねえ。期待……くらいはしてもいいか。今は、まだ。

「リレーは一走じゃないし、まあ走れるんじゃないの」

そうこぼすと、そいつは意外そうな顔をして「へえ。リレー走るんだ」となんだか羨ましそうにつぶやいた。

「リオに伝言頼んでもいいですか?」

勘弁してくれ、と俺は頭をぶんぶん横に振った。

「自分で言いなよ。俺も、そんな仲良くないし。直接言うのヤなら手紙でも書けば」

そいつは「ですよね」と笑って、キャップを脱いだ。汗ばんだ短い髪の毛をがさがさとかき上げて、懐かしそうにグラウンドを見つめている。

「あんた、名前は?」

俺はふと訊ねた。別に雨夜に伝えてやるつもりもないけど、それくらいは聞いておいてやってもいい。

彼はしばらく迷ったようだったが、やがて白い歯を見せて、控えめに笑った。

「緒形《おがた》っす。緒形友樹《ともき》」


あれよあれよという間に四月がきて、大学の春休みが終わる前に兄が東京へ帰っていった。「リレー頑張れよ」だってさ。200のことには触れもしないんだから、まったく……。

これから、大島では桜のシーズンだ。

もうじき、インターハイの季節がやってくる。

*

「セット」

腰を上げる。

スタートラインの少し手前をぼんやり見つめる。

耳は澄まさない。

待っているのはピストルの音じゃない。

その号砲が空気に落とす波紋の、最初の一つ。

それは聞くというよりも、振動を感知するイメージだ。

感じた瞬間、俺は右足でブロックを強く蹴り、誰よりも早くトラックに一歩目を踏み出す。

二歩、三歩とコーナーの内側へ鋭く切り込んでいく。

赤いトラックが目にまぶしい。

脚ががんがん回る。

遠心力が体を外側に引っ張ろうとする。

だめだ。そっちにはいかない。

もっと内側を攻めるんだ。

自分の走りができている。

まだ加速できる。

トップに乗り、体を起こす。

ストライドが広がり過ぎてピッチが落ちないよう、足をストンストンと自分の体の下へ置いていく。

マーカーを越えた。

雨夜が出る。

俺が追いつくまでにしっかり加速しろよ、とその背に念じる。

おまえが二走だと、エースだというなら、一走の俺に追いつかれるような無様な加速は許さねえ。追いつくのはバトンだけでいいんだ。俺のことは、置いていけ！

火がついたように、雨夜のスピードが上がった。

まだだ。もっと引っ張れ。

スピードに乗り切る刹那。その一瞬は、絶対に逃さねえ。

０・01秒でも早く、
０・０１メートルでも遠くから、

……見えた。ここだ。

「ハイッ」

雨夜の手が上がった。

俺の手も伸びる。

まっすぐに、吸い込まれるように、ロケットみたいなぴかぴかのバトンが渡っていく——ブラスト・オフ！

二走、雨夜莉推

レーンの幅は122センチ。一走の選手は皆、カーブを走ってるなんて嘘みたいに、その内側ぎりぎりを綺麗に曲がってくる……きた、ウチのユニフォーム。体は内傾しつつも頭は地面に垂直、一切バランスを崩すことなく、受川がものすごいスピードでカーブを抜けてくる。

あっという間にマーカーを越えた。

コースの外から見ているときより、バトンを待っているときの方がずっと速く感じる。

僕はもう後ろを見ることなく、弾丸《だんがん》のように飛び出す。

右、左とテンポよく地面を蹴りつけ、スピードを上げていく。

「ハイッ」

合図とほぼ同時にバトンをつかんだ。

スムーズなバトンパスが背中を押す。

足が自然と前に出る。

目の前にはブルー・タータンのバックストレート。

左右は気にしない。

バックストレートで自分の順位はどうせよくわからない。

トップスピードに乗る。

苦しい。体が引きちぎれそうだ。

ほんの十秒間の疾走が、永遠にも感じる。

腕を大きく振ることを意識する。

無理に加速しようとしない。

維持だ。このスピードを維持したまま、脊尾先輩に繋ぐんだ。

先輩の背中が見えてきた。

こっちを見ている。僕がマーカーを越える瞬間を見定めている。

まだ。もう少し……今っ。

聞こえたみたいに、脊尾先輩がダーッと出た。

カーブに入る。さらに加速していく先輩に引っ張られるようにテイク・オーバー・ゾーンを駆け抜け、ぎりぎりのところでバトンを上げる……今っ。

「ハイッ」

*

「なんでおまえが二走なんだよ」

受川からそう詰《なじ》られた瞬間、脳裏に浮かんだのは中学の記憶だった。

――なんでおまえばっかり……。

台詞《せりふ》は違う。けれど、よく似た目だった。中学三年の春、ずっと一緒に走ってきたチームメイトから向けられた眼差しには、確かに薄暗い濁《にご》りがあった。彼は利島から本州の高校へと進学し、それ以来会っていない。

全力で走ること。

幼い頃はそれが心地よかった。自分にショート・スプリントの才能があるのかどうかなんてどうでもよかった。ただ、走れば世界が後ろへ飛んでいく。自分が風になったかのようなその心地よさが、シンプルに好きだった。

神様から特別に授かったものがあるらしいと気づいたのは、中学に上がってからのことだ。100メートルを11秒台で走れることが、特別なことだと知った。陸上部に入り、様々な大会でメダルをもらった。昔から自分に自信を持てなかった僕にとって、それは唯一のアイデンティティとなり得るはずのものだった。

だが、僕は未だに走ることに絶対の自信を持ててはいない。

僕を睨む受川の目には、あのときとよく似た濁りが漂っている。

＊

そもそも二走は走りたくなかった。最初にサトセンに指名されたとき、断りたかったけど、わがままを言う方が嫌われそうな気がして黙っていた。代わりはいない。四人しかいないリレーチームだから。


二月上旬。

受川が部活出禁になり、リレー練習は僕と脊尾先輩、朝月先輩の三人でやっている。先輩が二人、後輩は自分一人。受川がいたってしゃべるわけでもないけれど、それでも普段以上に身が縮こまってしまう気はする。

「雨夜くん」

脊尾先輩に声をかけられて、僕はびくっと肩をすくめた。

「やろうか、バトン」

「あ、はい」

最近、受川の代わりに、ときどき脊尾先輩が一走を走ってくれる。僕がバトンをもらうための練習だ。

400が専門の脊尾先輩だけど、聞く限り100も200もベストはいい。フォームが綺麗で、力みなく走る姿を見ると、東京の強豪校で走っていたという噂はあながち嘘ではないのかもしれないと思う。バトンは受川に比べるとだいぶもらいやすい。受川のバトンは、はっきり言って乱暴だ。渡されたのか、ぶつかったのか、区別がつかないくらいだ。脊尾先輩のバトンパスは丁寧で、優しい。でも優し過ぎるせいか、上手くスピードには乗れない。

　逆に僕から渡すときは、追いつけないことが多々あった。あまりにも多いので、当初決めた足長から一足ほど縮めてから一応渡ることは渡っている。ただ、その分脊尾先輩の加速距離は短い。結果的に二、三走間のバトンパスはのろい。

　脊尾先輩だって本当はもっと加速してからもらいたいはずだ。それはわかっている。問題は、僕のトップスピードが上がらないこと。そしてそれ故に最後に著《いちじる》しく減速してしまうこと。一、二走間のバトンパスに問題があることは別としても、僕自身の走りが二走としてふさわしいものではないことは、自分が誰よりもわかっている。

「リレーに一発逆転はないからな」

　朝月先輩には、そう言われている。

「どの学校も二走にはエース置いてくるし、そこで大きく差がつくと挽回は厳しい。プレッシャーかもしれないが、しっかり走ってくれ」

　僕がここのところいい走りができていないことを、同じ競技の朝月先輩は当然わかっている。口にはしないけど、僕が二走であることには不安があるのだろう。自他ともにストイックな朝月先輩のことは、入部当初からなんとなく敬遠していたが、リレーに関してはなぜかことさら厳しい気がして、正直苦手意識が上がっている。

「いいんじゃない、繋がれば」

脊尾先輩はそう言ってくれる。そういうときの脊尾先輩の目には、どことなく鈍い光が宿っている。

「別にこのチームでインターハイ行こうってわけじゃないんだしさ。佐藤先生は関東って言ってるけど、それだって目標ってだけなんだし。気楽にやろうよ」

それが慰めのように聞こえることもあるし、投げやりに聞こえることもある。バトンを受け取った脊尾先輩の背中は、いつも薄いガラスのように儚《はかな》げで、声をかけた瞬間に砕け散ってしまいそうだ。脊尾先輩が何を抱えているのか、僕は訊かない。訊いたらきっと、自分のことも話さなければいけないだろう。

走り終わった後、脊尾先輩はよく虚《うつ》ろな目をして、どこか遠くを見つめている。その影のある感じが、元々端整な顔立ちを際立たせる。淡い茶色の髪が風になびいて、ドラマのワンシーンみたいだ。だけど、この人がそんな目をするのはフィクションじゃない。

たぶん、何かから逃げるように走っている。もしくは、何かを探すように走っている。自分と同じ、苦しそうな走りをしている。

夕飯後、自室として与えられている部屋に戻ると、机の上に置きっぱなしの退部届が目に入った。名前と部活名は入れてある。けど、保護者のサインが必要で、まだ伯父《おじ》さんに書いてもらっていない。日々機会を窺《うかが》っては言い出せないということが、ここ数日続いている。

僕の出身である利島には中学校までしかなく、高校に通おうと思ったら大島まで来るか、本州まで行かないといけない。利島は本当に小さな島だ。人口わずか三百人。島の敷地の多くが椿林に覆われていて、その実の収穫が主産業にもなっている(椿油になる)。人よりも椿の方が多い島だ。

各学年五人以下、全校生徒が十五人に満たないような中学だった。僕の代には同学年が四人だけで、そのうち三人は本州へ行ったと聞いている。

僕が渚台高校へ進学したのは、単純に親戚が大島に住んでいるということが大きかった。それが島外生徒を受け入れる場合の、入学条件の一つだったのだ。大島にはそれまで何度も行っていたし、不慣れな親戚との同居も都会生活に比べれば断然抵抗感が薄かった。特に学びたい意欲もなく、陸上への熱意も薄いまま、僕は渚台高校への進学を決めた。

この親戚というのが、件の伯父だ。父の長兄にあたる人で、四十を過ぎた今も独り大島で暮らしている。昔からどちらかといえば無口で干渉してこないし、日中は仕事で家にいない。僕としてはかなり気楽な環境で密かに感謝していたが、何か頼み事をするとなると若干気の重い相手だった。

そもそも、用紙自体は去年もらっていたのだ。迷いがあるからこそ、ずっと書けずにいたことは否定しない。先日、受川に詰られた日に発作的に記入したが、すべてが受川のせいというわけでもない。ただ、もうそろそろ、潮時《しおどき》なんだろうと思う。リレーが始まってしまった今、遅らせれば遅らせるほどやめるときの罪悪感も強くなる。

意を決して、僕は用紙片手に居間へ引き返した。伯父さんは安い発泡酒を片手にテレビを見ていた。灰皿に置かれた煙草《たばこ》には火がついている。多少なりとも酔っ払っていて思考能力が落ちているとするなら、今がチャンスかもしれない。

「伯父さん」

声をかけると、伯父さんはゆっくり振り向いた。吊り気味の目と、濃い眉毛。少し禿げかけの頭。パーツは父に似ているが、性格は正反対だ。父はどちらかというと陽気でよくしゃべる。伯父さんは笑わない。笑ったところを、見たことがない。そういう意味だと、僕は父よりもこの伯父によく似ている。

「なんだ?」

「ここにサイン、欲しいんだけど」

なるべくなんでもない書類のように差し出したが、学校の書類だということは隠しようもない。

「俺のサインでいいのか?」

「ウン。先生に確認したら、伯父さんでも大丈夫だって」

ただの退部届なので、そこまで厳密に保護者の許可が必要なことでもないのだろう。渚台高校は、部活強制ではない。

酔っ払っているかと思ったが、伯父さんは眼鏡を外して書類を隅々まで確認し、それからそのまま目を眇《すが》めて僕を見た。

「陸上、やめるのか？」

僕が陸上をやっていることは、普通に知られている。洗濯物で嫌でもわかる。けれど、学校での生活を事細かに訊いてくるような人じゃないし、今まで僕から部活のことをしゃべったこともなかった。だから、その質問自体が意外と言えば意外だった。

「ウン」

「どうして」

「えっと……」

「頑張ってたじゃないか」

僕は目を白黒させる。試合に来たことがあるわけでもないし、ましてや練習を見たことがあるわけでもないだろうに、なぜそう言えるんだろう。

「いいんだよ。自分で決めたから」

強引にそう言い切ると、伯父さんは眼鏡をかけ直して「そうか」とつぶやいた。

「洗濯が寂しくなるな」

……ああ、ひょっとしてこの人は、日々の洗濯物を見て、僕が頑張っていると思っていたのか。引き留められるより、才能を理由にされるより、なぜか胸がちくりとする。

「サインはしておく。後悔がないならいいが、提出する前にもう一度よく考えなさい」

そう言って、伯父さんはミミズがのたくったような字でサインをしてくれた。

*

利島は島民人口が三百人前後、そのうち子ども（中学生以下）が六十人ほどの小さな島だ。大学は言うまでもなく、高校もないので、十五歳から二十二歳の人間が基本的に存在しない。見知らぬ子どもはいないし、大人だってだいたい知っている。

島外からの移住者が意外と多くて、そいつはそんな移住組の子どもだった。小学校二年のとき、転校生としてやってきた。小綺麗《こぎれい》な服を着て、ぴかぴかの靴を履いていたのを覚えている。

「東京から来ました。緒形友樹です。よろしくお願いします！」

元気よく挨拶する緒形は、見るからに活発な子どもだった。外界からの来訪者という物珍しさも相まってか、すぐに一つしかないクラスに馴染んでいった。

その頃の僕はと言うと、そもそも外が嫌いだった。運動は好きではなかった。走るのなんて、大嫌いだった。本を読んだり、教室の水槽をじーっと眺めている方がよっぽど落ち着く。サッカー、野球、鬼ごっこ、ケイドロ、缶蹴《かんけ》り……なんで外の遊びって、走る要素が抜けないんだろう。

僕がそういう遊びに参加しないことを、島の子どもたちは知っている。だけど、緒形は知らない。

あるとき、教室の隅で本を読んでいたら、緒形が声をかけてきた。

「なあ、それおもしろい？」

僕はせいぜい迷惑そうな顔をして、緒形を見返す。読書中に話しかけられるのは、あまり好きじゃない。

「フツウ」

「じゃあ、ケイドロやらない？」

「……やらない」

「今日人数足りないんだよ。頼むよー」

「やらない」

僕がむすっとしたまま、本の世界に戻っていこうとした瞬間、緒形が僕の手から本をがばっと奪った。そのまま、抱えて走っていく。

「あ、おい！」

僕は慌てて立ち上がり、緒形を追いかけた。廊下を走り抜け、階段を駆け下り、さっと靴を履き替えて、あっという間にグラウンドへ出ていく。速い、速い、なんてスピードだ。

暑い夏の日だった。日差しに青く輝く芝生《しばふ》のグラウンドを、緒形は軽快に駆けていく。僕は彼の着ている赤いTシャツを、必死に追いかける。冬に島のいたるところに咲く、椿みたいな赤だ。

どこまで行くんだ。このまま学校から出ちゃうんじゃないのか。

サッカーゴールを挟んで睨み合ったり、あと一歩のところまで迫ったと思ったら引き離されたり、十分ほども走っただろうか。校門のところで緒形が立ち止まっていた。膝《ひざ》に手をついて、肩で息をしながら、僕は「返せよ」とゼェゼェ言った。立ち止まった瞬間、額からぶわっと汗が噴き出してくる。シャツが濡れて気持ち悪い。だから嫌だったのに、走るのは。

答えがないので顔を上げると、緒形は木々の隙間から見える海を眺めているようだった。その海から吹いてくる風が、走っているうちに前髪が持ち上がり、むき出しになったおでこに吹きつける。汗に濡れているせいで、ひんやりとして気持ちいい。

そうしてしばらく二人で風に当たっていると、急に緒形が振り返り、ニヤッとした。本をすっと差し出しながら、

「速いじゃん、おまえ」

と言った。

*

サトセンは、いつも外で昼ご飯を食べているらしい。酒井が教えてくれた。

渚台高校は敷地内で椿を育てているのだが、その木陰が定位置とのこと……とはいえ二月上旬のこの時期、日当たりがよくても屋外は寒いだろうと思いながら行ってみたら、本当にいる。アルミホイルに包まれたおにぎりが二つ、横には緑茶のペットボトル。ピクニックみたいに昼飯を広げて、サトセンが本を読んでいる。タイトルから察するに、数学の学術書のようだ。

サトセンの背後には、この時期ちょうど見ごろを迎える赤色の花が、こぼれ落ちそうな黄色の花粉をたっぷりつけて、陽の光にきらきらと輝いている。大島の椿が、元々防風林として植えられたという話は、そういえば以前サトセンが授業中にしてくれたんだっけ。細い椿の幹の根元に腰掛けたところで、大して風が避けられる気もしないけれど。

「……退部届、ですか」

無言でそれを差し出すと、相変わらずの読めない表情で、サトセンは僕をじっと見つめた。

伯父さんには考えろと言われたけれど、もう嫌というほど考えた。元々、昨日今日の思いつきではない。僕は、陸上をやめる。走ることを、やめる。もう決めたことだ。

「理由欄も記入してください」

「え？」

「理由欄が空欄です」

僕は淡々と突き返された退部届を見つめる。理由欄は確かに空欄のままだ。ここは必須ではないと思っていた。だってそうだろう？　理由なんか関係ない。僕がやめると言ったら、やめられるはずだ。部活は、強制じゃないんだから。

「これ、必須ですか？」

やや険のある声が出てしまったが、サトセンの表情は変わらなかった。

「なぜ、やめたいのですか？　理由があるはずです。それを書いてもらえれば構いません」

「それは、必須なんですか？」

「リレー、でしょうか？」

噛み合わない会話に疲れて、僕はサトセンの顔を見た。やはり表情は読めない。何を考えているのだろう。

「なんだっていいじゃないですか」

投げやりに言った。

「やめたいからやめる。それだけです」

「走ることは、嫌いですか？」

僕は口を開き、言葉が勝手に出てくるのを待った。いくらでも、出てくるはずだった。走ることが嫌な理由なんて。

でも、見つからなかった。だって、そうだ。走ることが嫌いになったからやめるわけではなかった。走ることをやめようと思ったから、退部しようと思っただけだ。

椿の木々がざわざわと音を立てる。風が吹くとやっぱり寒いなと思う。花がぽとりと一つ、地面に落ちるのが見える。椿って、花びらが散るわけじゃなく、花ごと落ちてしまうのだ。これもいつか、サトセンが言っていたっけ……。

「僕も、学生時代はリレーやってたんです。全然速くなかったですけどね」

突然サトセンがそんなことを言い出した。サトセンがリレーになにやら思い入れがあることは知っている。でも自らの昔話を積極的にするような人でもないから、そんな話を聞くのは初めてだった。

「僕の高校時代において、勉強より、学校行事より、多くのことを教えてくれたのがリレーでした。多くの気づきを与えてくれた」

サトセンの学生時代。どうせ眼鏡で枝みたいにガリガリだったに違いない。いつも着てるジャージだって、きっと昔からずっと着てるんだろう。でも、走っている姿はあんまり想像がつかなかった。陸上部での指導は基本的に口頭で、実演してくれたことはない。サトセンがリレーを走る……想像して、少し可笑《おか》しくなる。

「君たちにも、色々気づいてほしいと思っています」

「何にですか？」

サトセンは地面に落ちてしまった椿の花を拾い上げて、しげしげと眺めた。

「それも自力で見つけてほしいですね。僕に教えられることではないんです。教師にできるのは、答えではなく機会を与えることだというのが持論でして」

まるで椿に向かってしゃべっているみたいで、本当に僕に対してしゃべっているのか自信がなくなってきた。

「……理由を、書いてきます」

やっとのことでそう言うと、大真面目にうなずいて、

「ええ。お手数ですがお願いします」

などと言う。本当に、頭の中がちっとも見えない人だなと思う。

部室には断捨離ロッカーと呼ばれる物置もどきがある。部活動というやつは、捨てていいのかどうかよくわからない備品が結構出てくるもので、そういうものをつっこんでいくうちにそういうロッカーになってしまったらしい。大掃除のときに

すら手が入らないので、中身は溜まる一方である。剝がれかけの「断捨離せよ！」という注意書きが、部室を滞留するぬるい空気に弱々しく揺れている。

僕は断捨離ロッカーを開けた。理由欄が空白のままの退部届をそのまま入れようとして、一瞬手が止まる。なんでこんなところに入れようとしているんだろう。適当でもなんでも、理由欄を記入して、さっさと出せばいいのに。どうして保留にしようとしているんだろう。僕が捨てられないのは走ること？　それとも退部届……？

「何してんの、雨夜くん」

僕はびくっとして退部届を落としてしまった。ふわりと宙を舞う紙切れが、突然現れた脊尾先輩の足元にひらひらと落ちて、拾われた。

「……退部すんの？」

「あ、いや」

僕はあたふたと言い訳を考えるが、それよりも早く脊尾先輩が目の前に歩いてきてしまった。

あまり、真正面からこの人の目を見たことがない。どんよりと淀んだ湖の底みたいな、暗い目だ。僕はこの人が苦手だ。言葉も態度も優しいけれど、なぜか怖い。受川とは違う怖さだ。

「いいんじゃない、やめたければやめれば。部活動なんか、別に強制じゃないんだしさ」

脊尾先輩は穏やかにそう言って「はい」と退部届を渡してくれる。

「誰にも言わないからさ。安心しなよ。でも今日出すつもりがないならもう練習始まるから、急ぎなね」

そう言って、さっさと着替え始めた先輩の上着から何かがはらりと落ちた。

便せんだ。椿柄の。島のお土産屋さんにありそうな。

先輩はそれを拾い上げ、しばらく無表情に見つめてから、ぽいとゴミ箱に捨てた。

「脊尾先輩、それ……」

捨てていいんですか？　と訊ねる前に、先輩はさっさと部室を出ていってしまった。時計を見ると、確かにもう部活が始まる時間だ。

僕は、いったん考えることそのものを放棄することにした。退部届を半分に折って断捨離ロッカー内のてっぺんにそっとのせ、扉を閉じた。少し迷ってからゴミ箱の便せんを拾い上げる。見ちゃいけないと思いつつ、ちらりと目に入ってしまった文面は、たった二行だった。

拝啓　海野舞様

久しぶり。こちらでも陸上部に入りました。今でも走ることは続けています。

僕はそれも、断捨離ロッカーに入れた。

＊

中学に上がって、部活動として僕は陸上部を選んだ。友樹も一緒だ。先輩で陸上部として活動している生徒がいなかったため、僕たち二人だけ。でも代々陸上部自体は存在していたようで、多少の用具は残っていたし、どうせ僕たちがやることなんて、ただ走るだけだ。走る場所さえあればそれでよかった。

その頃50メートル走のタイムはお互いにほぼ差がなく、100になると若干友樹が速かった。200以上の距離を計測するには、校庭はやや狭い。400トラックのカーブを再現するのが難しいのだ。いずれにせよ、きちんとしたトラックで走ったわけじゃないから、正式なタイムにもできない。

それでも、友樹は自分の専門は200だと思っているようだった。

「リオは100メートルが向いてると思うよ。ピッチすげえもん。ショート・スプリント、リオは100で、俺は200で、お互いチャンピオン目指そうぜ」

大概無茶苦茶なことを言っているとは思ったが、二人しかいない部じゃ、デカイ夢も言いたい放題だ。誰も笑わないし。

友樹は陸上のことを熱心に調べ、色々な練習方法を考えてきた。僕自身がそこまでわかっていない自分の強みを分析し、あれをやった方がいい、これをやればいいと教えてくれた。それまで正しいフォームを意識したことがなかった僕の走りは、まだまだ無駄が多く、改善点も多く残されている。友樹はそれを一つずつつぶすように、きちっとしたメニューを考えてくれた。存外に几帳面《きちょうめん》な性格なのだ。とはいえ、

「友樹のメニューって、殺人的だよな……」

そう愚痴ると、友樹はよく笑っていた。

「高校で強豪校入ったら、こんなもんじゃ済まないぜ」

高校。どうあがいたって、そのときには僕たちはこの島を出ていくことになる。三年後の将来は、近いようで遠い。あまり気にしていなかったし、意識もしていなかったけれど、漠然と友樹は陸上の強いところへ行くんだろうなと思っていた。そして僕も、特に理由がなければ、それについていくんだろうな、と。

厳しい練習の甲斐あってか、中学一年の夏、僕は初めて100メートルを11秒台で走った。友樹は僕より0・2秒もいいタイムだった。人の多い東京の競技場。きちんと整備されたトラック。赤いタータン。テレビで見た、オリンピックみたいな舞台……走りそのものにはとっくに魅せられていたが、陸上競技というものに魅せられたのは、そのときだったように思う。

それからは、ますます練習に励んだ。他にやることもない島で、僕は友樹とひたすらに走り続けた。秋、冬、そして春……。僕が成長したからなのか、いつしか友樹は、あまりアドバイスをしなくなった。

中学二年の夏。僕は100メートルで、全国大会に出場した。11・20の自己ベストをマークしたのもこの年だ。100も200も、都大会で負けていた友樹は、少し複雑そうな顔だった。

「くそー。このままじゃリオの方が先にチャンピオンなっちまうなァ」

苦笑いしつつ、やや痛々しいその顔は、無理をして笑っているのだとわかった。

「いや、まあ全国は無理だよ……10秒で走るやつとか、いっぱいいるし……」

「そんなことねえよ。頑張れよ。三年は俺も全国行くし」

全国大会は、結局予選で負けてしまったが、友樹は誰よりもでかい声で応援してくれた。

——いけーっ、リオーっ！

「タイムトライアルやるぞ」

中学三年の春、友樹が言った。利島から北に二十キロほど行ったところに大島という島があり、ここにはきちんとした陸上競技場がある。滅多に来られないが、正確なタイムを計測したいときや、試合前の最終調整のときだけ、僕たちはここまで来ていた。

その日は、100と200のタイムを計る予定だった。まず100のタイムを計る。僕が11・20の自己ベストタイ。友樹が12・11。友樹のベストは11秒台のはずなので、かなり悪い。

「どこか調子悪いの?」

訊ねると、友樹は険《けわ》しい顔のまま、強めにかぶりを振った。

「ダイジョブ。次、200計ろう」

200は友樹から走った。友樹の200のベストは23・05だ。100と200の最大の違いはカーブ区間があることだと思うが、友樹はそのカーブ走が抜群に上手い。膨らまないように、無駄なく走っていく。タイムは23・15。ベストには届かなかったが、風を考えるとまずまずだ。友樹も今度は納得したようで、その顔にいつもの不敵な笑みが少し戻った。

「よし。次、リオな」

僕はうなずいて、スタートラインについた。

200は苦手だ。特にカーブ。200メートル走は、半分以上がカーブ区間だ。ここで無駄な走りをしていると、当然タイムは伸びない。また、単純に距離が倍なので、ペース配分はどうしたって100とは違ってくる。僕は一昨年は200にエントリーしたが散々で、去年はエントリーしなかった。練習もほとんどしていない。

100と200は練習すべきポイントが違う。絞った方が効率的な練習ができると友樹は言っていたし、僕もその理屈は理解している。

ただ、不定期に実施するタイムトライアルでは、僕も友樹も100と200、両方のタイムをとっている。オフシーズン前、僕のベストタイムは去年の秋頃に計った23・55だ。まあ、どうなんだろう……100のタイムを考えると、相当遅いのはわかってる。もうコンマ数秒は縮められると思う。きちんと練習していれば。

「ヨーイ、ドン」

友樹の合図で走り出した。

200のスタートはカーブ走。僕は友樹の走りをイメージする。体をやや内側に傾け、なるべくレーンの内側を走る綺麗な走り。無駄をなくす。余計な距離を走らないように。カーブは力まず、最後の直線で全部出し切るつもりで走る。直線は得意だ。カーブからの遠心力でストレートに放り出され、その勢いのまま走り切るような、そんなイメージ。

ゴールした瞬間、なんだかすごい疲れた。久々に走ったからかな。あんまり上手くいった気がしない。

「んー、やっぱり難しいな。僕、200はあんまり……」

たぶん、秋と同じくらいのタイムだろう、と漠然と思っていた。友樹も「おまえはやっぱり100だな」と、笑って言ってくれるだろう、そう思っていた。

けれど、友樹は手動タイマーをじっと見つめたまま動かない。そこに大きな間違いを見つけたみたいに。何が間違っているのかを探すみたいに。

「どうした？」

友樹は黙ったまま、僕の方にタイマーを向けた。

表示されているのは、23・04――友樹のベストを、0・01秒上回るタイムだと気づくのに、数秒かかった。

「しゅ……手で計ってるんだから、多少誤差あるでしょ。あと風よかったし」

慰めなのか、フォローなのか、言い訳なのか、慌ててぺらぺらしゃべる僕を前にして、友樹はなんとも言えない笑みを浮かべていた。疲れたような、諦めたような、怒っているような、褒めているような……その濁った目に、僕は初めて友樹の苦悩を見た気がする。

「なんでおまえばっかり……」

＊

週末、久しぶりに陸上競技場で練習することになった。二月中旬に受川が練習に復帰してきて最初の、本格的なリレー練習になる。

受川は復帰直後の練習で謝罪はしていたが、納得していないのは火を見るよりも明らかで、リレーには殺伐とした空気が戻ってきている。バトンは心なしか以前よりも乱暴ではなくなった。かといって丁寧というわけではない。バトンによるタイムロスは依然大きく、たまに落としたり、ぶつかってしまうのも相変わらずだ。なんというか、詰まってるんだけど、かといって出足を速くして繋がるわけでもないのだ。もっと根本的に、何かがズレている、そんな感じ。

午前中はスタート練習で、最初に僕と酒井が直線にスタブロを置いて練習することになった。朝月先輩と脊尾先輩はバトンパスの練習をすると言い、残りの一台は受川がカーブで使うことになった。

スタートは苦手だ。緊張しいということもあるし、スタートで負けるとそこでもうレースに負けた気がしてしまう。逆転のイメージが持てない。実際、スタートで大きく引き離された相手を、追い抜かせたことはあまりない。だから僕はずっとスタートを重要視してきて、とにかく序盤からガンガンピッチ上げて先頭に立ちたいんだけど、これがあんまり上手くいっていない。特に、高校に入ってからは。

スタブロをレーンの真ん中に置いて、位置を調整。スターターにはサトセンが入っている。先日の一件など何事もなかったかのように、機械のように淡々とスタートを合図している。これといったアドバイスもない。サトセンはあまり、技術的なアドバイスはしてくれない。

「イチニツイテ。ヨーイ……」

腰を上げて静止したこの状態は、思考がスパークして色々なことを考え過ぎるから嫌いだ。ピストルよ早く鳴ってくれ鳴ってくれと思うのにいつまで経っても聞こえなくて、いつも腰がフラつきそうになった瞬間を見計らったかのように、それがくる。

——ドン。


一歩踏み込んだ瞬間、足がフラつく。

二歩目。蔦《つた》が絡みついたような重さを覚える。

三歩目。まだ重い。地面に足の裏が縫いつけられているみたいだ。

とにかく進みたくて、蔦を引き剝がすように前へ前へと足を運ぶ。

着地がよくないのがなんとなくわかる。

わかるのに、それをどうしたらいいのかわからない。

元々そうなっていたのか、それとも最近こうなってしまったのか、それすらもわからない。

ぐるぐる考えているうちに一次加速を終える。ちっとも加速できていないのに二次加速に入っても仕方がなくて、僕はそのままだらだらとスピードを落とした。全然だめだ。こんなんじゃ11秒台で走れるかも怪しい。

引き返して戻っていく途中、ちょうどカーブのスタート位置につく受川が見えた。酒井がスターターだ。

「イチニツイテ」

受川が二度、軽くジャンプしてから地面に手をつき、身を屈めた。

「ヨーイ、ドン！」

ぐんっ、と弾丸のように飛び出す。ドンピシャのタイミング。思わず足を止めて見入る。

カーブ区間なのに、直線を走っているみたいにどんどん加速していく。加速しているということが、よくわかる。身を起こし、直線区間に入って力を抜いたのがわかったが、それがもったいないくらいの綺麗なスタートだった。普通にいいタイム出たんじゃないか……ってくらいの。

受川はそのまま一周歩いてくるようだ。スタブロが空いたことを伝えようと思って近づいていくと、それに気づいた酒井が先に話しかけてきた。

「スタートだけは上手いよな、あいつ」

僕も見ていたのは、バレていたようだ。今さっきの彼の走りを思い出して、少し訂正する。

「カーブも上手いよ」

僕は受川のことが苦手だけど、それでも陸上選手としての彼はかなりハイレベルだと思っている。

「ああ、性格ひん曲がってるからな」

「いやいや……直線も速いし」

「雨夜はスタート下手だよなァ。思い切りが悪い」

顔はわりとかわいいのにはっきり言う子だよなあ、といつも思うけど、今日はとりわけストレートだ。まあ、否定できないんだけど。

「緊張するじゃん。ピストルの音が聞こえるか不安になるっていうか……フライングも心配だし」

ちょうど受川が戻ってきて、酒井はニヤリとしてその顔をまっすぐに指差した。

「耳がいいんだよ、コイツ」

酒井が経緯を説明し、受川がしゃべり始めると、僕は居心地が悪くなった。酒井は同じクラスだし、特に苦手意識はない。でも受川とは、入部当初からあまり馬が合わない。理由はよく知らないけど、彼はきっと僕が嫌いだ。特に僕がリレーで二走を走るようになってからというもの、向けられる視線には一層嫌悪の色が滲むようになったと思う。受川はここのところろくにタイムの出ない僕が二走を走ることに、納得していないのだろう。かといって、仮に僕が受川を200メートル走で抜いてしまったら、彼はどんな顔をするのか……。

「いや、それただのルーティンだし……」

ふっと耳慣れない単語が耳に入ってくる。ルーティン？

受川がこっちを向いたので、口にしていたことに気づいた。そんなことも知らないのか、と顔に書いてある。

「ほら……テニス選手がサーブの前に、決まった回数ボールをつくだろ。あれと一緒だよ。練習と同じ動作をすることで、いつも通りだ、って自己暗示かけるんだ。他にもリズム作ったり、体動かすことでほぐしたりとか、色々あると思うけど……」

説明してくれるとは思わなかったので、少し驚いた。それで、もやついていた頭がのろのろと陸上に切り替わる。

そういえば、受川ってスタブロの位置毎回メジャーで測るんだよな。それから走る前に、必ず二度ジャンプする。踏切板に足を置くときの順番やその後レーンに指をつく動作なんかも、毎回見事に同じだ。デジャブを見ているみたいに。

一年間、彼の走りを見ているから知っている。ただの癖なのかと思っていた。でもあれには、きちんと意味があったのか。

酒井は耳がいいから、なんて片付けていたけれど、それだけなはずがない。受川はきちんと努力している。工夫している。勉強している。その努力の結果として、スタートが上手くなったのだ。僕はスタートが苦手だと自覚しつつ、それを具体的にどう改善しようとか考えたことはなかった……。

酒井が直線のスタブロに戻っていく。僕は受川がレーンを変えてスタブロをセットし始めるのを、少し離れたところからじっと見ていた。視線を感じたのか、受川が顔を上げ、目が合うと露骨《ろこつ》に嫌そうな顔をする。でもさっきルーティンについて教えてくれたしな……と思って、スタブロの置き方について訊ねてみると、受川はため息をつきつつも答えてくれた。

「わざと角度つけてんだよ。リレーもそうだけど200のスタートはカーブだから、内側に切り込むように走ってかないといけないの。レーンの内側走れば最短距離だろ？　外側に膨らむと、その分距離が延びて、無駄に走らなきゃならなくなる。100だとまっすぐに置くだろうけど、コーナースタートだと斜めに置くもんなんだよ、スタブロって」

「へえ……」

想像以上に丁寧な答えが返ってきて、普通に感心してしまう。

丁寧に答えられる。それはつまり、それだけ知識を持っているということだ。練習熱心なのは知っていたが、研究熱心なタイプだと思ったことはなかった。直情的で、どちらかというと直感で走っていそうな。でも本人もさっきぼそっと言っていたな。「理詰め」だって。

似ている。かつての、彼と。

「そっか。受川って、カーブ上手いから。膨らまないし、直線走ってんじゃないかってくらい綺麗に走ってくるなあっていつも思ってたけど、スタートからちゃんと工夫してるんだな」

「当たり前だろ」

受川の声に、やや強い苛立ちがこもった。少し調子に乗り過ぎたかな。

「ごめん、練習邪魔して。だから一走なんだなあって思っただけ」

受川との会話を反芻しながら、ぼんやり自分の練習に戻ろうとした僕を、受川が呼び止めた。

「雨夜」

振り返ると、呼んだくせに受川はこっちを見ていなかった。

「おまえ、序盤からピッチ上げ過ぎなんだよ。っていうか終始ピッチ全開で走ろうとし過ぎなんだ。ストライド伸びてないし、後半バテて失速してるだろ。一次加速はきちんと地面踏んで、跳ね返ってくる力を体で受け取って進むんだよ。そうやってスピードに乗ってきたら自然にピッチが上がってくんだ」

いきなり早口にそれだけ言われて、僕は目をぱちぱちさせた。

「えっと……」

「自力で走ろうとすんな。地面から力もらって走れ」

受川は唸るように言い、それ以上の会話を拒絶するように黙々とスタブロを調整し始めた。

序盤からピッチを上げ過ぎ……それは確かに、そういう走りをしようとしていた。

昔はそうでもなかったけど、上手く走れなくなってからは、ずっとスタートを重要視していた。特に、ピッチを上げなきゃと思っていた。身長が低い分、脚も短い僕は、他の選手ほどストライドが稼げない。だからその分ピッチを上げなきゃいけないんだ、と。実際このオフシーズンも、ピッチを上げるトレーニングを重点的にやってきた。最初から最後まで、ピッチ全開で走れるように。

でも受川は、そうじゃないと言う。

そうだろうか。でも、試してみたいと思った。受川が今言ってくれたこと。あまり、自分でもきちんと考えたことがなかったこと。スタートが苦手な理由。

僕は自分の走りを、全然わかっていなかったのかもしれない。

きちんとしたトラックで受川からバトンをもらうのは久しぶりだ。二走の位置についてからもそわそわして、気持ちが落ち着かない。

練習なのに緊張するのは、もらう相手が受川だからというのが大きい。最近ようやく出足は固まってきたけど、それでも失敗したらあいつまた怒るんじゃないかっていうプレッシャーはある。それはたぶん、僕の加速の悪さに拍車をかける。お互いのベストなスピード・体勢・距離でバトンを渡せたことが一度もないというストレスがある。そうでなくとも僕の頭には、ここ一年ほどの悪い走りのイメージが、強烈に焼きついている。

「イチニツイテ」

ああ、やばい。始まってしまう。

そう思ったとき、ふと受川のスタート姿勢が目に入った。

「ヨーイ」

腰を上げて、静止する。綺麗なフォーム。無駄のない、無理に力の入っていない、リラックスした体勢。そのイメージが頭の中に流れ込んできて、ふっと自分の体の力も抜けた気がした。

「ドン」

合図とともに受川が走り出した。弾丸のように飛び出し、その高身長を低く屈めてぐんぐん加速していく。カーブを遠心力に逆らいながらものすごい速さで駆け抜けてくる。追い風が吹いているせいか、いつもよりずっと速い！

受川がマーカーを越えた瞬間、僕はスムーズに駆け出した。

「ハイッ」

声がして、手を上げる。

やや上からバトンが押し込まれる。

あれ、と思った。なんか、いい感じ。

僕は素直にバトンを引っ張った。すっと受川の力が抜け、そのまま腕を大きく振って加速体勢に入る。

その瞬間、頭の中のイメージがぱっと自分のものに切り替わった。

後ろへ引っ張られる感覚。足元に絡みつくような重さ。足が上がらない。ピッチが上がらない。スピードが、上がらない。

くそっ。邪魔するなっ。もっと速く……速く走りたいんだっ。

下手にピッチを上げようと力み過ぎて、結果的にトップスピードが上がらなかった。まさに受川が言っていた、僕のダメな走り……。

「ハ……ハイッ」

ほとんど止まってバトンを受けた脊尾先輩が、だーっと駆けていく。朝月先輩にバトンが渡り、そのままゴール。計っていた脊尾先輩が「45・09」と声を発し、朝月先輩が考え込むように腰に手を当てた。

「雨夜くん」

三走のスタート位置に戻ってきていた脊尾先輩に声をかけられ、僕はびくっとした。

「はいっ」

「今のバトン、ちょっといい感じしたね。あ、オレらんとこじゃなくて、一、二走のとこね」

「え……あ、はい」

それは、自分でも思った。日頃バタバタしているせいで、たまにスムーズだと顕著にわかる。でも理由がよくわからない。

「けどその後の走りはちょっとかたかったな。もう少し力抜いて走れよ」

脊尾先輩に被せるように、近くまで歩いてきた朝月先輩がコメントした。

「バトンのやり方、受川と少し確認してみてくれ。もう一本走ろう」

「確認……」

「雨夜！　ちょっと！」

ちょうど甲高い酒井の呼び声がして、振り向くと一走のスタート位置で受川とビデオを見ながら手招きしていた。

「なに？」

走りがぐだぐだだったことを怒られるのだろうか。びくびくしながら近づいていくと、いきなり受川に訊かれたのは「おまえ、何センチ？」だった。身長？百六十くらいだっけな？

つまり、こういうことらしい。

受川が気にしているのは、僕との身長差（確かに結構ある）。イコール、バトンをやりとりする手の高さにも同程度の高低差が発生すること。今までは、後ろからプッシュするようにバトンを渡そうとしていた。だけど、最初から高低差が発生するなら、むしろその高低差を利用してダウンスイープでバトンを渡す方がいいのではないか。

言われてみれば、なるほどという気はした。さっきのバトンも、偶然その形に近くなっていてもらいやすかったのかな？　今までの渡し方は利得距離で損をしている感じがするし、こっちの方が渡しやすい、もらいやすいんじゃないか。やってみる価値は、ありそうだ。

「バトンを寝かせることになるから、今まで俺の方に向けてた手のひらを、空の方向けて……そうしたら、そこに向かって上からのせれば……」

受川は独り言のようにぶつぶつとつぶやいている。酒井がやれやれみたいな顔をして肩をすくめ、僕に苦笑してみせた。僕もうなずいて、二走の位置に戻った。

受川に自覚はなさそうだったが、彼のバトンはすでに変わり始めている。いや、バトンだけじゃない。受川の中で、何か変化があったのは確かだ。そしてその変化に、僕も感化される。

心臓がどきどきしていた。緊張じゃない。この気持ちはなんだっけ。走る前にこんな気持ちになるのは、いったいいつ以来だろう……。

レーンを変えてもう一回走ることになり、全員持ち場についた。受川の方を見ていると、なにやらダウンスイープらしき素振りをした後に、はっとしたように頭を振っている。いつものルーティンにない動きをする受川は新鮮で、ついつい眺めていると目が合いそうになり慌ててそっぽを向く。

サトセンの合図で受川が走り出した。若干スタートの反応が悪かったか？　それでもカーブ区間で加速し、きちんとトップスピードに乗せてくる。

マーカーを越える瞬間を見極め、僕も出る。

走りの内容には、あまり意識を割《さ》かなかった。

全神経を耳と、指先に集中。

「ハイッ」

手を上げる。

上からバトンがくる。だから、普段は後ろに向ける手を、上に向けた。

すぐにやわらかくバトンがのる感触がした。

とっさにつかもうとした瞬間、少しバトンが浮いて、つかもうと曲がった僕の指先がそれをさらに弾いた。

「あっ」

バトンが跳ねたのがわかる。

慌てて振り向くと、コロコロと足元を転がっていく。どっちが落とした？　わからない。ええい、とにかく続けないと！

僕はバトンを拾い上げ、必死に走った。

もう何が何だか、走りなんてむちゃくちゃだ。

脊尾先輩にどうやって渡したのかも覚えていない。

立ち止まってからも、さっきのバトンの感覚がずっと手のひらに残っているようで、その部分の皮膚がひりひりとしている気さえした。

バトンを落としたことへの、ネガティブな感情ではなかった。

さっき、走る前に感じたものと一緒だ。

記憶を探るように真っ青な空を見上げていたら、やっとその名前を思い出した。

これはきっと、高揚だ。こんなふうに綺麗に晴れた空を見上げたときに感じるのと同じ、胸が膨らむような、心地のいいプラスのエネルギー。

次の一本。そのさらに次の一本。走るごとに、何かがよくなっていく確かな予感があった。

*

四月末。東京第二支部予選が行われる。正式名称は東京都高等学校陸上競技大会第2・3支部予選会。その名の通り、第三支部も同じ会場で、二日間かけて様々な競技が行われる。各種目上位八人（リレーは八チーム）が、上位大会である東京都高等学校陸上競技対校選手権大会——僕たちが都大会とか言っている大会への出場権を得る仕組みだ。今年の第二・三支部大会の会場は、東京都にある大井ふ頭中央海浜公園陸上競技場。伊豆諸島など東京の島嶼部に含まれる高校は、一律で第二支部となる。地域的には、葛飾区《かつしかく》・足立区《あだちく》・墨田区《すみだく》などが一緒だ。

陸上競技の大会は、きっちりプログラム通りに進む。競技数が多いため、朝イチから始まり、夕方まで丸一日。大島から東京への便は船にしろ飛行機にしろ、そんなに早く出ていないので、午前中の競技に出ようと思ったら、前日入りしないと間に合わない。

そんなわけでサトセン引率のもと、僕たちは前日に船で東京入りし、ホテルで一泊。翌朝、会場へと向かった。この春に新入部員が二人入って、彼らも仕事があるので一緒だ。檜山《ひやま》という長距離の女の子が入ったので、酒井が喜んでいた。男子の方は新山《にいやま》といって、ひょろっとした感じの走り高跳びの選手だ。

いい天気だった。初夏を感じる青い空。大島と同じように見えるけど、少し青色が薄いかもしれない。

「モノレール乗ってみたかったなー」

なんて酒井がつぶやいている。いつもサトセンが会場近くのホテルを押さえてくれるので、乗ってもバスかタクシーだ。今日の会場は大井競馬場前という駅が近くにあって、その路線がモノレールらしい。

「あと地下鉄！」

「地下鉄なんか、なんもおもしろくないよ。いつも混んでるしさ」

脊尾先輩が口を挟んだ。そうか。脊尾先輩にとっては、東京はホームなのか。

「えー、ずーっと地面の下走っていくとか、それだけでなんかテンション上がらないですか？」

ハードルがオープン種目のせいか、酒井はいまいち緊張感がない。同じことを思ったのか、受川が無言でその頭を叩き、酒井に脛を蹴り返されていた。「おまえら遊びに来てんじゃないぞ」と朝月先輩が唸る。

会場に着くと、まずテントを張り、それからトイレの場所、招集場所を確認して、朝イチの100メートルハードルに出る酒井はアップを始める。僕と受川と朝月先輩もそれに続く。ハードルが終わればすぐに100メートル走だ。

今日のうちの出場種目は、まず酒井の100メートルハードル。男子の110メートルハードルの後なので、本当に朝イチだ。その後、受川と朝月先輩、そして僕が100メートル走予選。続いて脊尾先輩が出る400メートル走の予選。どちらも予選を抜けると午後に決勝がある。そして、一日目のトリはヨンケイだ。

今年、うちはトラック競技のやつしかいないけど、同時進行でフィールド競技のタイムテーブルも進行する。200メートル走は明日で、受川と朝月先輩と脊尾先輩が出る。

しっかりアップをとった後、八時五十五分になり、酒井は招集場所へ向かっていった。勉強のために檜山がついていく。100メートルハードルのレースは九時二十五分からだ。直後に100メートル走が入る僕たちは、九時二十分までには招集場所に向かわなきゃいけないので、そのレースをスタンドから見ることはできない。

ハードルはちょっと特殊で、第二支部と第三支部が混合で行われる。しかもオープン種目だ。つまり、支部大会の正式種目じゃない。都大会の選考基準にもならない。ハードルは一定のタイム（確か17秒）を満たしてさえいれば、直接都大会に出場できる種目なのだ。じゃあなんでオープン種目があるかっていうと、実践でしか得られないものがたくさんあるから、その機会をなるべく作りましょうということらしい。本番さながらの練習の機会なんて、確かになかなか得られるものじゃない。

酒井のレースの様子は見られなかったが、トラックの方は沸いていた。都大会に向けて、いい走りができただろうか。僕たちもきっちり走らないと。

１００メートル走は参加者が多いので、必然的に組の数も多くなる。総勢だと百人をゆうに超える。だいたい一組八人として、それが十七組くらい……とはいえ、何人いたって最終的に都大会へ進めるのはたった八人だから、あんまり母数を気にしてもしょうがない。

今日は僕と受川が同じ五組で、しかも隣のレーンだ。朝月先輩が後ろから二番目の組に入っている。すごい速いやつだと10秒台が出たりもするけど、支部レベルだと11秒前半なら都大会は圏内だ。そういう意味だと、朝月先輩はもちろん、僕もベストが出れば十分に可能性がある。まあそんなふうに考えてしまうと、余計に緊張してしまったりするわけで……。

前のレースが終わるのを待ちながらせわしなく貧乏ゆすりをしていたら、受川が話しかけてきた。

「薬指」

僕がきょとんとすると、受川はぶすっとした顔で自分の左手を指差している。

「握ると緊張ほぐれるんだってさ。あと、力みが抜けないと思ったら、まず思いっきり力を入れてから脱力すると、上手く力が抜ける」

受川が思いっきり肩を上げてから、すとんと落とす。倣ってやってみると、確かに肩の力がすーっと抜けた気がした。続けて左手の薬指を握ってみると、心なしか心臓の鼓動も落ち着く。しかし今度は、受川との会話の続きを探すのに苦労する。

これでも、最近はしゃべるようになった方なのだ。進級時のクラス替えで、同じクラスになったというのもあるし、あと陸上のことならわりと話せることがわかったから。リレーだけじゃなく、苦手な100メートル走のスタートのことでもちょこちょこ相談に乗ってもらった。そういうとき、受川はやっぱり不機嫌そうにしゃべるけど、話し出すと結構饒舌《じょうぜつ》になる。

「酒井さん、上手く走れたかな」

思いついたのは、結局陸上の話題。

「まあ……あいつは今日、オープンだし」

「いいなあ。ハードルは都大会確実で……」

受川が鼻を鳴らした。

「おまえさァ、支部大会ごときで緊張し過ぎじゃねえの」

「ごとき、って……」

「全中に比べたら小さい試合だろ」

少し驚く。僕の経歴になんか、興味ないんだろうと思っていたのに。

「全中でも支部予選でも、負けられないっていうプレッシャーは変わらないよ。受川こそ、なんでそんなに平然としてるの」

「緊張してるっつーの。おまえほどじゃねえだけ」

ぎこちないうえに、それこそいまいち緊張感のない話をしていたら、出番がきてしまった。前のレースが終わり、100メートルのレーンが僕たちのものになる。

「これでおまえがちゃんと俺より速かったら」

ふと、受川がそんなことを言った。

「え?」

「証明しろよ。自分が二走だってこと」

受川はそれだけ言って、レーンに出ていく。

かつて、その背によく似た友人がいたことを、僕はふと思い出した。

同じチーム。ずっと一緒に走ってきたチームメイト。親友でもあった。200メートルの選手で、200ではずっと僕よりタイムがよかった。

でも、それを中学三年の春に僕が追い越してしまった。200の練習なんか、ろくにやってこなかった僕の、義務的に走ったに過ぎないタイムトライアルで。

――なんでおまえばっかり……。

あれ以来、全力で走ろうとするたびに、その言葉がリフレインする。

足に蔦のようにまとわりついてくる。

体の動きを縛っている。

それでも走ることから逃れられず、縋《すが》りつくように陸上を続けてきた僕にとって、かつての受川の言葉はとどめだと思っていた。

――なんでおまえが二走なんだよ。

でも今、受川は言う。

勝負だ、と言っている。

前を見つめる。僕たちのためだけの、まっすぐなレーン。

受川は、3レーン。

僕は、2レーン。

100は受川の専門じゃないけど、隣で走るっていうのは、やっぱり意識する。ましてやあんなこと言われたら……。スタブロを調整して、軽くショートダッシュを繰り返す。

「オン・ユア・マーク」

二度ジャンプした。隣で受川がまったく同じ動きをしていた。一瞬目が合う。すぐに逸らす。

スターティング・ブロックに、足を乗せる。それから息をゆっくり吐いて、まっすぐ前を見る。自分の走るべき道を、まっすぐに見据える。

視線を落とすと、足元に、呪いのような蔦が蠢《うごめ》くのが見えた。いつものやつだ。絡みついて、僕の足をスタブロに縛りつけようとする。

僕は走っていいんだろうか。

走り続けて、いいんだろうか。

嫌われても、疎まれても、走り続けることに、意味があるだろうか。

——証明しろよ。

「セット」

腰を上げて、号砲とともに飛び出した。

受川のスタートがいい。相変わらずの反応速度だ。

ぐんぐん加速して、トップに躍り出る。

慌てない。加速だ。じっくり加速しろ。

受川が言ったのは、序盤はピッチよりもストライドを意識しろ、ということだった。おまえはスタート先行タイプのスプリンターじゃない。後半になってもピッチが下がらないことが強みだ、と。ウォルター・ディックスみたいな、という喩えはいまいちピンとこなかったが、要はスタートで差がついたとしても、それを巻き返せるだけの力《ケイデンス》がある——。

本人は陸上オタクなんて卑下していたけど、よく調べ、よく観察する彼のその言葉は、僕の走りに、考えに、強く影響を及ぼした。

絡みつく蔦はむしろありがたい。スタートダッシュを抑制してくれる。逆らうな。ゆっくりでいい。ストライドで劣る分、一歩の距離を稼げないのはしょうがないんだ。だからといって、それを無理やりピッチで挽回しようとするのでもない。

周りを気にしない。僕は僕の走りをする。

地面をしっかり踏む。自分の体の真下に、ストンと足が落ちるイメージ。足首と膝をしっかり固めると、その力を受け取るのは尻のあたりになる。自分の中心。少しずつ、スピードが乗ってきて、ピッチが上がっていく。スタートからごりごり回そうとするより、ずっとスムーズに回っている気がする。ロードバイクでも、ペダルの回転数が多いことを〝ハイ・ケイデンス〟と言うらしい。だからロードの動画を見てイメージを作った。自分の足が、自転車のペダルを踏んでぐるぐる回るイメージ。最初からそんなに高速でペダルは回せない。でも一度スピードに乗れば、その勢いに乗ってガンガン踏める。

疾走。後半はほとんど無意識だった。

どこでトップに乗ったのか、気がつくと体は起きていて、一人でレーンを走っていた。

蔦は、もうどこにも絡みついていない。

すいすいと自然に足が動く。

まだ加速が伸びている感じさえする。

自分の巻き起こす風に乗って、どこまでもこのスピードで走り続けられる気がする。

速報タイムは11・23秒。後の決勝ではさらにタイムを0・03縮め、都大会進出を決めた。

「おめでとう」

と、みんなに言ってもらった。

受川もぼそぼそ言ってくれた気がするけど、それはさすがに気のせいだったかもしれない。

＊

他のスポーツだとよく知らないけど、陸上だと試合当日の食事の取り方は競技によって大きく変わる。例えば午前で競技が終わった酒井、試合のない一年生は難しいことを考える必要がない。極端な話、ステーキを食べたってかまわないわけだ。でも例えば午後にすぐ100の決勝があった僕なんかは、そんなに重いものは食べられない。素早くエネルギー補給ができて、腹に残らないものを軽く口にする程度だ。短距離組は一日に複数回試合があるのが普通なので、きちんと食事を取るっていうのは難しい。とにかく肉体のコンディションを最適に保つための、一つの儀式に過ぎないという感じ。さっと食べて、しっかり休む。そういう時間から、レースは始まってる。まあ、かといって自分の試合に備えてずーっとテントで休んでるのもそれはそれでチームとしてどうなんだ、ってところはあり……。

100の決勝からヨンケイの決勝までは少し時間が空き、スタンドからレースを観る余裕があった。僕と受川は三年生の一つ後ろの列に座り、400や1500のレースを観ていた。

「……なんか、雰囲気悪くね？」

ぼそっと、受川がつぶやく。主語はなかったが、僕も同じものを見ていたので、何の話なのかはすぐにわかった。

三年生二人のことだ。元々タイプが違うようには見えるし、部活中和気あいあいとしゃべっているのを見かけたこともない。そのへんは僕や受川と同じ。だけど今日は本当に、一言も口をきいていない気がする。今も一つ間を空けて座り、まるでそこにお互いがいないかのように、静かにトラックを見下ろしている。

「脊尾先輩は……やっぱり400で負けたの引きずってるんじゃないかな」

午前中の100の予選の後に、400の予選があった。うちからは脊尾先輩だけが出場し、そして結果的に、脊尾先輩は予選で敗退した。全然だめだった、と笑っていたけど、目はちっとも笑っていなかった。

「それだけ、とは思えねえんだけど」

「んー……」

話がちらっと聞こえたのか、脊尾先輩が振り向いた。

「なに、オレの噂？」

笑っている。笑っているけど、なんだか薄っぺらい笑顔だ。

「もうすぐヨンケイなんで。先輩方チョーシどうなんですかね、って思っただけっすよ。特に脊尾先輩、400の調子ワルそーだったんで」

受川がむすっとしつつ、平然と危なっかしいことを言うので、僕はひやりとしてその脇を小突く。

「よせよ」

「事実だろ」

「傷口に塩塗り込んでくんね、受川クン」

脊尾先輩は笑顔を崩さなかったが、元々笑っていなかった目がますます濁った気がした。

「まあ、そのへんはいつも通り走るだけだよ。ねえ、朝月」

「ああ」

僕と受川は顔を見合わせる。朝月先輩の答えはどう聞いても生返事の気がしたけど……レース直前の今、本人たちがそう言うのなら、信じるのも〝チーム〟だろうか……。

十五時十五分。東京第二支部、男子ヨンケイ決勝の招集時刻になった。支部予選のリレーは、この一本だけだ。タイムレースで、都大会へ進めるのはタイムが速い順に上位八校。二度目はない。たった一度のレース、文字通りの一発勝負。

「都大会行くぞ！」

朝月先輩が活を入れた。僕と受川は「オォッ」と声を出した。脊尾先輩は微妙に引きつった顔だ。サトセンと酒井がそれぞれ「練習通りにいきましょう」「百二十パーセント出せば余裕っすよ」とか正反対のことを言っている。

うちのベストタイムは44・23秒。かつて45秒台で走っていたことを考えると、だいぶ縮んだとは思うけれど、走力を考えるとまだまだ遅い。このタイムは、支部予選を抜けられる可能性を秘めているが、確実じゃない。43秒台が欲しい。

この決勝は、五組だ。一組につき、だいたい七校。合計およそ三十五校。第二支部だけでこの規模で、東京には六つの支部がある。都大会に出られるのは各支部から八校、それが六支部だから、合計四十八校。そこから関東大会へ行けるのは、六校。関東大会は南北に分かれていて、南関東は東京、神奈川、千葉、山梨の各都県六チームで合計二十四校、北関東は群馬、埼玉、茨城、栃木から各県六チームで合計二十四校。南関東対北関東はないので、南北それぞれ二十四校のうち、トップ六チームがインターハイだ。

「関東まで……」

各自の持ち場へ行く前に、受川が何か言いかけた。僕は黙ってうなずいて、左手を掲げた。受川は微妙にためらった後、右手でハイタッチしてきた。軽快なクラップ音を聞いて、お互い少し肩の力が抜ける。よし、行こう。

リレーで関東進出。最初にサトセンがその目標を口にしたとき、僕は失笑した。なんて無謀な夢だろうと。専門にしてる100メートル走でも、届くかどうかわからない場所だ。そもそも、そんな夢とか、でかい目標なんて持つつもりはなかったんだ。僕はずっと下を向いて走ってきた。走ることが嫌になりつつも、逃れることもできなくて、縋るように陸上を続けてきた。走り続けていれば何かが見えるんじゃないかって、何か変わるんじゃないかって……だから関東に行けるかどうかなんてことは、正直どうでもよかった。

でも今日、関東大会という目標は、急にきらきらと輝き出している。その先に、インターハイすらちらついている。まったくゲンキンなもんだ。

今だって、遠い舞台。その事実は何も変わってやしない。

でもきっと――絶対に届かないわけではない場所。僕と受川の手が、ハイタッチできるのと同じように。

「オン・ユア・マーク」

自分がスタートするわけではないのに、僕は左手の薬指をぎゅっと握った。受川が屈み込んだのが見える。いつもスタートのいい受川だって、ロボットってわけじゃない。

「セット」

一走の選手が一斉に腰を上げる。

嫌な間を置いて、号砲が鳴った。

先頭は……うちじゃない。受川は二番手につけている。受川よりスタートがいいやつは、支部レベルじゃ珍しい気がする。そいつが真っ先にカーブを抜けて突っ込んでくる。でも受川もほとんど差はない。

マーカーを越えるのを確認し、一位のチームに一拍遅れて僕も走り出す。

加速。しっかり加速。

バトンはもらわなきゃだめだが、意識的には受川を引き離すくらいのつもりで走る。

テイク・オーバー・ゾーンを半分抜けたあたりで、

「ハイッ」

上げた左手に、しっかりとバトンが押し込まれた。

よし。いく。

がんがんいく。

バックストレートを全力で駆ける。

今日三本目のレース、体力はそこまで強くないし、肉体的にはそれなりに疲労が蓄積しているはずだったが、疲れは感じなかった。アドレナリン全開、って感じ。

脚がぐるんぐるん回る。ピッチ最高潮。いい風だ。

「いけーっ、リオーっ！」

ものすごい大声で、誰かが自分の名前を呼んでいる。誰だろう。

気がつくとカーブ区間に差し掛かっていた。

脊尾先輩の背中が目前に迫り、冷や汗が出た。

マーカーの位置はいつも通りだ。

これは、詰まるかもしれない。オーバーは、詰まるとやばい。

それでも、もう全速力で突っ込むしかない。

「ハイッ」

とっさに、早めに合図した。

脊尾先輩が手を上げる。やはり詰まったが、なんとかバトンを押し込んだ。詰まったせいで、バトン越しに先輩を押し出す感じになった。

脊尾先輩が走り出す。順調に加速していく。ああ、綺麗な走りだ。いつになく、速く感じる。受川みたいにカーブの内側を鋭く抜け、あっという間にマーカーを越える。

勢いがあり過ぎたのか、朝月先輩へのバトンは若干ぶつかったように見えた。悪い予感が当たったかと一瞬ひやり、でもバトンは繋がっている。二位だ。朝月先輩自身の走りは安定して強い。ごりごりと地面を手繰り寄せるように加速、残り４０メートル付近で先頭を奪取し、そのままゴール！　すげえ……。

速報タイマーの表示は43・45秒。

それを見た瞬間、もちろん嬉しかったけど、たぶんピークはそこじゃなかった。

いいタイムだ。きっと都大会へ行けるタイムだ。

でもそれだけじゃない、もっとでかいものを手に入れたと感じたから。

それが何なのかは自分でもはっきりとはわからないけれど、それでも確かに一つ言えることは、僕はこのレースのことを一生忘れない——そう確信できるくらい、特別なレースだったってこと。

＊

脊尾先輩のことは、最初から少し苦手だった。退部届の一件があってから、より苦手意識が増したかもしれない。走っているときの薄暗い眼差しも怖い。ただ、なんとなく親近感を覚えてもいた。この人もきっと、走ることに対して、何かもやもやとした感情を抱えている……何かから逃げるように走っている。もしくは、何かを探すように走っている。

四月末。朝。

部室の断捨離ロッカーを開けると、あの日一番上に置いたはずの退部届は微妙に埋もれていた。あれから誰か、開けたのだろうか。椿柄の便せんも、少し位置がズレている。

見られたかもしれない、という不安がよぎったが、見られてたっていいさ、と思い直した。ここに置いたということは、捨てるべきかどうか迷ったということだ。そしてその迷いの結論がどうなったのかは、もう先日のレースで示したと思う。

僕は断捨離ロッカーから取り出した退部届を、真っ二つに裂いた。それをもう一度半分に裂き、さらにもう一度半分に裂いたところで、脊尾先輩が部室に顔を出した。

「あれ、脊尾先輩。どうしたんですか？」

ゴールデンウィーク二日目の今日、学校は休みだし、練習もオフのはずだけど。

「救急箱置きに来た。ほら、試合で持ち出したから」

向こうも誰かいるとは思わなかったのだろう、顔を強張らせていた脊尾先輩が、肩から下げた救急バッグを揺らしてみせた。そうか。そういえばそうだった。部員が少ないと、最高学年だろうと何かしらの荷物を持つことになる。

先輩の目が、僕がつかんでいる紙切れに向いた。逡巡があったように見えたが、無視はできなかったらしい。

「雨夜くん、それ……」

「ああ、退部届ですよ。前に見られたやつです」

僕は肩をすくめ、それをゴミ箱に捨てる。ぱらぱらと、ビニールに当たって軽い音が弾けるのを聞くと、なんだか少し胸がすっとする。

「なんか心境の変化あった？」

そう訊ねる先輩の声音には、好奇というよりは純粋な疑念を感じた。

「そう見えますか？」

「こないだのリレー……いや、100メートル走もか。なんか吹っ切れたように見えたから」

「吹っ切れた……んですかね」

僕にもまだわからない。第二支部予選の走りは、確かに今までででベストと言えるものだった。だけど別に、過去をすっぱり切り捨てられたわけではないし、受川との関係だって友人と呼ぶにはまだまだぎこちない。

「走りが変わったよ」

先輩の目には、それが劇的な変化に映ったのだろうか。

「それは、まあ、変えましたから」

心境の変化が先にあったわけじゃないと思う。バトンや走りを変えて、それが上手くいきそうだから、気持ちがプラスに傾いた。だからもう少し走ってみようと思う。きっと、それだけのことだ。また傷つくことがあって、苦しくなったら、逃げ出すこともあるかもしれない。

でも、そのたびに僕はきっと、あの日のレースを思い出す。

高校二年の春に走った、人生初のヨンケイデビュー戦。

そういうレースがあるということは、きっと幸せなことだ。

脊尾先輩にだって、そういうレースがあるかもしれないし、あったかもしれない。

僕はもう一度断捨離ロッカーを開けた。便せんを取り出すと、先輩は目を見張った。

「すいません。勝手に拾いました。ちょっと中身も、見ちゃいました」

たった二行の文章。一瞬見ただけで全文読めてしまったということは、下世話な好奇心とともに胸の奥にしまっておく。

「手紙書くつもりだったんですよね。ちゃんと書いた方がいいと思います」

怒られるか、拒絶されるかと思ったが、先輩は差し出された便せんを曖昧《あいまい》な顔をして受け取った。

「先輩は、なんで陸上部入ったんですか？」

脊尾先輩は、曖昧な顔のまま苦笑する。相変わらず、この人の瞳には薄暗い靄がかかっている気がして、その気持ちを推し量ることは難しい。そう考えると、受川とか酒井はすぐ顔や態度に出てわかりやすいなと可笑しくなる。

それでも、この人は陸上部に入ってきた。自由参加の朝練には出てこないけれど、放課後の練習をサボったことは一度もない。試合に遅れることもない。走るときにあれだけ苦しそうなのに、走ることをやめようとはしない。

きっと僕と同じだ。いや、同じではないかもしれない。けど、似たものを持っている。

「せっかく来たんですから、ちょっと走りませんか」

脊尾先輩は表情を変えなかった。

「二、三走間のバトンを、もう少し集中的に練習したいんです」

そう付け加えると、脊尾先輩は少しだけ笑った。確かに、笑ったと思う。

「ああ……」

何かを考えるように、遠くを見つめていた。

「なあ、雨夜くん」

ふっと、先輩が言った。

「一つ頼みがあるんだけど――」

　五月になると、大島でも桜の季節が終わる。六月には紫陽花《あじさい》、七、八月には海水浴シーズンでにぎわうことになるが、その隙間の今の時期は山地にオオシマツツジが咲くので、三原山《みはらやま》にトレッキングに向かう観光客をぽつぽつ見かける。大島はまだまだ涼しくて、こないだの東京の試合会場は暑かったなとふと思い出した。

　試合翌週の土曜日、縁側でスパイクの手入れをしていたら、伯父さんが物珍しそうな目でそれを見てきた。

「その……棘《とげ》はなんだ？」

　棘。スパイクのピンのことを言っているようだ。

「ああ、これ？　ピンだよ」

「靴から生えてるのか？」

「生えてるっていうか……外せるけど、まあ、そうだね」

「それを履いて走るのか？」

「そうだよ」

　理解できん、という顔をされて、僕は苦笑いを浮かべた。まあ、これは伯父さんに限ったことじゃないんだ。僕だって陸上以外は全然わからない。クラスのテニス部のやつが、ガットのテンションがどうの、振動止めがどうのって言っていて、わけがわからなかった。

　興味を持ってもらえるだけ、いいことだと思う。

「陸上、続けるんだな」

　伯父さんは確かめるように訊いた。

「うん。続けることにした」

「そうか」

「だから……洗濯は当分、忙しいと思うよ」

「ああ。それはかまわん」

　珍しいな。こんなふうにしゃべる伯父さんは。でも別にそれが嫌じゃなくて、僕は隣に伯父さんが座れるようにスパイクの袋をどかした。少し間があって、伯父さんがそこに座る。

「おまえ、なんの競技やってるんだ？」

「100メートル。それから、ヨンケイ」

「ヨンケイってなんだ？」

「リレーだよ。4×100メートルリレー。リレーは日本語で継走《けいそう》っていうんだ。400メートルを四人で継走するから、縮めて四継」

　ほーん、と納得したのかしなかったのか、伯父さんは煙草に火をつけた。

「速いのか？」

「んー、まあまあ」

「試合、いつだ？」

「来週、都大会があるよ」

伯父さんは「そうか」とだけ言って煙を吐いた。場所は訊いてこなかったけど、パソコンは持っているから調べようと思えば調べられるだろう。

「そういえば、おまえに手紙来てたぞ」

伯父さんが思い出したように、無地の封筒をぽんと置いた。

「手紙？」

確かに、雨夜莉推宛てだった。実家の住所が書いてあるところを見ると、家族が転送してくれたのか。でも実家宛てに送ってくるような知り合い、いたっけな。

裏返して差出人の名前を見た僕は、心臓が止まりそうになった。見慣れぬ東京の住所の下に、見覚えのある名前が書かれている――緒形友樹。

*

都大会は、五月二週目。それが終わると、関東大会まではだいぶ時間が空く。インターハイの夏も、大島の夏も、もうすぐそこまできている。

「ハイッ」
合図とほぼ同時にバトンをつかんだ。
スムーズなバトンパスが背中を押す。
足が自然と前に出る。
目の前にはブルー・タータンのバックストレート。
左右は気にしない。
バックストレートで自分の順位はどうせよくわからない。
トップスピードに乗る。
苦しい。体が引きちぎれそうだ。
ほんの十秒間の疾走が、永遠にも感じる。
腕を大きく振ることを意識する。
無理に加速しようとしない。
維持だ。このスピードを維持したまま、脊尾先輩に繋ぐんだ。
先輩の背中が見えてきた。
こっちを見ている。僕がマーカーを越える瞬間を見定めている。
まだ。もう少し……今っ。
聞こえたみたいに、脊尾先輩がダーッと出た。
カーブに入る。さらに加速していく先輩に引っ張られるようにテイク・オーバー・

ゾーンを駆け抜け、ぎりぎりのところでバトンを上げる……今っ。

「ハイッ」

脊尾先輩の右手が上がった。

すっと後ろから押し込むように、脊尾先輩の手にバトンを押し付けた。

吸い取られるようなバトンパス。

脊尾先輩がさらに加速していく。

みるみる遠ざかる背中を見て「ああ、大丈夫だ」と思った。

何も心配ない。いつも通りの先輩の走りだ。

たとえ専門はロング・スプリントでも、生まれながらのショート・スプリンターのように美しいフォームで走る。フォームが綺麗ということは、無駄がないということだ。安定しているということだ。

そしてなにより、シンプルに速いということだ。

それ以上、僕にできることは何もなかったけれど、声が喉《のど》をついて出た。

「いけーっ！」

三走、脊尾照

ヨンケイは、どの学校もエースを二走、もしくは四走に置いてくることが多い。挟まれる三走的には、二走がものすごいスピードでつっこんできたかと思ったら、四走がスパーンと飛び出していく感じだ。選手層が異様に厚い強豪校を除けば概ね、追いつかれるプレッシャーと追いつけないプレッシャー、常にこの二つを抱えて走ることになるのが三走というポジションの嫌なところであり……同時に、最高にスリリングなところでもある。

足元には駒沢《こまざわ》陸上競技場のブルー・タータン。この青いタータンを、このチームで走るのは二度目だった。一度目よりも、今日の方が汗をかいている。気温のせいだけじゃない。プレッシャー？　今まではそんなもの、これっぽっちだって感じていなかったのにな。

三走からは、スタート位置がほとんど見えない。トラックのほぼ正反対だ。それでも、スターターの「オン・ユア・マーク」の声はスピーカーからはっきりと聞こえた。

号砲。

受川が飛び出す。7レーン。本人は外側のレーンの方が走りやすいと言っていた。

確かにいい感じにスピードに乗っている。遠過ぎて若干順位が見づらいけど、四位か五位……そこまで確認したところで雨夜が走り出した。

うちの一、二走間は相当な身長差だが、バトンパスはチーム随一のスムーズさを誇る。手足の長い受川が、その腕を十二分に活かしてバトンを渡す。雨夜がしっかり受け取り、加速していく。100メートル走でも十分速いけど、リレーだと雨夜は二割増しくらい速く感じる。いや、実際速い。みるみるうちにマーカーに迫ってくる。

オレは地面を蹴り飛び出した。

一歩目。後ろ足から頭の先まで、蹴った力が一直線に伝わるイメージ。

低い姿勢を保ったまま、足を地面スレスレに前へ前へと出していく。

「ハイッ」

腕を上げると、ちょうどオレが腕を前へ持っていきたいタイミングでバトンが押し付けられる。そのまま引っ張り、後は自然に腕を振って走る、走る、走る――。

カーブの内側。しっかりと切り込むように。

スピードを上げ、上体を起こし、トップスピードになったらもう力は入れない。

余計なことはしない。

ただ、足を正しい場所へ置くことだけを意識する。

トン、トン、トン、トン。リズムよく。

朝月の背中はあまり意識しなかった。

気がつくと目の前に、当たり前のように彼の左手があった。

＊

拝啓　脊尾照様

お久しぶりです。海野です。

メール送っても、電話しても出なかったから、きっと話したくないんだろうなというのはわかっています。手紙なら、もしかしたら読んでくれるかなと思ったんだけど、いい加減うざいよね。だから返事はいりません。読まなくてもいいです。一方的な私の独り言で、自己満足です。

陸上部は相変わらずです。ロング・スプリントのみんなは、普通に元気。でもオフシーズンになって、きついトレーニングが増えたせいか、他のブロックで一年生が何人かやめたみたい。全体が多いから、人が減っても、私も含めてみんな、他人事みたいだよ。それに慣れちゃうことが、なんだか怖い気もします。

クラスだと、大屋くんは寂しそうにしてる。脊尾くんがいなくなって、今は石渡くんのグループに入ってるみたいだけど、ちょっと嚙み合ってないみたい。私は相変わらず、空気が読めなくて不器用なままです。脊尾くんには一年以上言われ続けてたのに、ちっとも直らなくて、困ったものです。

大島の暮らしはどうですか。どんな場所ですか？　調べてみたら、椿が有名みたいだね。星が綺麗だって。冬は寒いのかな。南だから、あったかい？　でも東京からすごく離れてるってわけでもないんだよね。ご飯はおいしそうだなあ（勝手な想像です）。

学校はどうですか？　やっぱり人数はちょっと少ない？　校舎とか、ボロボロだったりするのかな。でも都立だから、東京なんだよね。なんだかそれは、不思議な感じがするね。勝手に訪ねていったら怒られそうだからしないけど、もし気が向いたら、いつか島を案内してくれたら嬉しいです。

ねえ、脊尾くん。

陸上は、続けていますか？

走ることはまだ好きですか？


オレはため息をついて手紙を折りたたんだ。もう何度も読み返した、雪だるま柄の便せんはしわが寄り、シャープペンシルで書かれた文字は摩擦で掠《かす》れて滲んでいる。丁寧に封筒に戻して、机の引き出しにしまう。

代わりに島で買った椿柄の便せんを取り出して、ペンを執《と》った。

拝啓　海野舞様

久しぶり。こちらでも陸上部に入りました。今でも走ることは続けています。

手はそこで止まる。

「続けてる、か……」

嘘を書いたわけではないのに、嘘をついた気になるのは、どうしてだろう。

＊

「脊尾くん」

数学教師だというヒョロヒョロの眼鏡男から陸上部への勧誘を受けたのは、昨年の十二月三週目のことだった。大島の祖父の家へ来て渚台高校へ転入してから、二週間ほどのことになる。

「はい？」

「陸上部に入りませんか？」

唐突な提案に、オレは露骨に顔をしかめる。名前なんだっけな、この人。生徒に対しても常に敬語で笑わないんで、特徴的で覚えてはいるけど、名前が結びつかない。

「……どうしてオレを？」

「前の学校で陸上部だったと聞いています」

まあ、それくらいは教師にバレていてもおかしくはない。

「この学校って、陸上部あるんスね」

オレはやや嫌みっぽく言ってしまった。

窓から見えるグラウンドは、お世辞にも整備されているとは言い難かった。敷地は広いが、使う生徒が少ないせいか、グラウンド以外も整備が行き届いていないなと感じるところは少なくない。まあ別にそんなこと、どうだっていいけど。

「ありますよ」

眼鏡の数学教師は淡々とした声音で答えた。っていうか今さらだけど、まさかと思うけど、こいつが顧問なのか？　全然走れなそうだな。

「部員数は？」

「四人です」

「四……」

想像はしていたが、それでも衝撃は隠せなかった。秀川《しゅうせん》は、短距離ブロックだけでその何倍いたんだろう。

「脊尾くんの通っていた秀川高校は陸上の名門ですから、五十人くらいいたんでしょうか？　それと比べてしまうと、少なく感じるでしょうが、みんな頑張っていますよ」

五十どころではなかった。でもそんなことを言ったってしょうがない。

「オレを入れてどうしたいんです？　部員が増えたら給料でも増えるんです？」

大概失礼なことを言っていると思ったが、数学教師は一切表情を変えなかった。

「リレーをやりたいんですが、あと一人足りないんです」

四人いる、とは言っていた……まあ、全員が短距離というわけではないか。

「残念ながらオレ、スプリンターじゃないんで」

「専門は400。でも100のタイムも悪くないそうですね」

しれっとついた嘘をひっくり返されて、オレは目を剝いた。

「失礼。秀川高校の先生とは、面識がありまして」

誰だろう。陸上部の顧問は向坂《さきさか》という熱血教師だった。それとは別に、監督とコーチがいたけど、彼らは教員ではない。誰にせよ、こんな冴えない数学教師とはまったく人種の違う、厳しく怖い人たちだった。

こいつは、どこまで知っているのだろう。

かつて秀川高校陸上部で、オレがどんな人間だったのか。どんな走りをする選手だったのか。どうしてこんな辺境の島嶼まで逃げてきたのか。

探るように無言で睨んでいたら、いなすみたいに数学教師が両手を上げた。

「すぐに答えを出してもらう必要はありません。いつでも歓迎しますよ」

そう言い置いて、すたすたと廊下を歩いていってしまった。

よくよく見ると、姿勢がいい気はする。走るための姿勢。軸の通った綺麗な姿勢。

陸上部顧問だというのは、あながち嘘でもなさそうだ。

「変な教師……」

とはいえそのときは、陸上部に入るつもりなんか、微塵《みじん》もなかったのだ。


海野からの手紙が届いたのは、その数日後のことだった。

*

「脊尾、一緒に昼食べないか」

こいつはいつまで、クソ真面目に佐藤先生の言いつけを守るつもりなのだろう。

昼休み、弁当片手に話しかけてきた朝月渡《わたり》にうんざりしつつ、オレは書きかけの便せんを上着のポケットにつっこんだ。努力の末、なんとかそこそこの笑顔を作って答える。

「あー……今食欲なくてさ。後で食べようかなって」

本当は腹は減っていたが、こいつと一緒に食べるくらいなら空腹の方がマシ。

一月に入部してすぐ、オレはヨンケイチームに三走として組み込まれている。すでに何度か競技場で走ったりもしているが、三、四走間のバトンパスは、お世辞にも上手くいっているとは言い難い。朝月はそれを気にしているのだ。何かと時間を見つけてはオレと話そうとしてくる。佐藤先生に言われた「クラスでも仲良くしてあげて」というのも真に受けているのだろう。

でもオレは、そんな朝月のことが正直苦手で、何かと理由をつけては避けていた。最初だけまあそれくらいなら……と軽い気持ちで付き合ったら、だいぶ痛い目を見たので、最近は露骨なくらい避けている。朝月もそれはわかっているだろう。

「そうか。バトンのこと少し話したかったんだが」

案の定、そうこぼす朝月に、オレは気づかれないように小さくため息をこぼした。

「少し」じゃねえんだよ、おまえの話は……。

朝月は生真面目だ。というか、ストイックだ。自分にも厳しいし、他人にも厳しい。練習のとき、何かと他人のバトンワークにコメントしているのを見てもよくわかる。んで、直接バトンのやりとりがあるオレに対してはこうして教室まで来る……まあ、これだけ小さい部だ。リレーを走れるメンバーが四人揃うこと自体貴重なのはなんとなくわかる。そのうえ、メンツも粒ぞろいとくれば、必死にもなるか。

特に朝月は11秒ジャストの持ちタイムがあり、ショート・スプリンターとして相当な実力者だ。その自負もあってか、リレーに対して人一倍ガチだが、そういうのを見ているとむしろ足を引っ張りたくなるのはなんなんだろうな。

もったいない、と思う。

雨夜も11秒前半の持ちタイムがあり、今はぱっとしないが本来は相当速いはずだ。一走の受川も、バトンパスはともかく走り自体はかなりいい。こんな辺鄙な——なんて言うと怒られそうだが——島の小さな陸上部に、これだけのスプリンターが揃っていたら、確かにあと一人……と佐藤先生が望んでしまう気持ちも、今ならわからなくもなかった。

四人目がオレじゃなかったらな。もったいないな。

「悪いな。部活で聞くよ」

「じゃあ、早めに来いよ。練習前に話しておきたい」

「ハイハイ」

生返事をしながら、オレは逃げるように教室を出た。

二月の大島は東京よりは暖かいが、それでも冷たい風が結構吹くんで、あんまり南国って感じはしない。まあ実際南国じゃないしな。沖縄に比べたら、断然寒い。

どっちかっていうと寒がりだし、秀川のオフシーズンが鬼だったってのもあり、冬場のトレーニングは好きじゃない。かといって、オフシーズンにがっつりリレーの練習してるのが楽しいかって言われると……微妙だ。というか、違和感がある。しょうがないけどな、時間ないし。これから暖かくなってきて、少しずつオフの成果が出て、スピード上がってきたら、ますますバトンが難しくなる。そうなる前に基礎を形にしとかなきゃならないって理屈は、理解はできる。

とはいえモチベーションは上がらない。いや、上がるも何も、そもそもモチベーション自体存在しないようなオレが、陸上部にいることがおかしいのか……。

微妙に遅刻しそうになりつつも、ちんたら歩いて部室に向かう。あくびをしながら扉を開けると、雨夜がロッカーの前でぼーっと立ち尽くしていた。

「何してんの、雨夜くん」

雨夜がびくっとし、その拍子に彼の手をすり抜けた紙切れが宙を舞い、ひらひらとオレの足元に落ちた。

拾い上げて、一瞬目を見張った。退部届、と書いてあった。とっさに退部理由の欄に目が行ったが、何も書いていない。でもそういえば……思い当たる節がいくつかある。

少し前に、雨夜と受川が喧嘩したのだ。いや、喧嘩というか、受川が一方的にキレ散らかしただけだったが、ともかくその結果として受川が部活出禁になった。

以来、全体のリレー練習は止まっているが、区間のバトンパスはちょこちょこ練習している。オレは三走なので、受川が出禁になっても直接の影響はないが、雨夜がバトンをもらう練習ができなくなるので、代わりに一走を走ったりしている。朝月が走ってもいいが、一走はカーブ区間なので、同じくカーブ区間のオレが走る方が色々と効率がいい。

雨夜に対しては、バトンをもらうにしろ、渡すにしろ、あまりいい感触ではない。それは雨夜だけのせいではないだろうけど、オレだけのせいでもないと思う。雨夜は二走ということの責任感もあってか、すぐに「すみません」と謝る。オレはいつも「繋がればいいじゃん」と言う。そういうとき、雨夜は眉間にしわを寄せつつ、口元をゆがませて笑っている。

雨夜はもしかすると、オレと似たタイプかもしれないと思う。

受川と朝月は似ている。練習のとき、あの二人は、陸上に対してよくも悪くも強い感情を燃やしているように見える。でも、雨夜にはそれがない。オレにもない。雨夜が退部したいという気持ちを抱いたのは、昨日今日のことではないのかもしれない。

顔を上げると、雨夜もこっちを見ていた。「繋がればいいじゃん」とオレに言われたときにする、あの形容しがたい表情だった。

「いいんじゃない、やめたければやめれば。部活動なんか、別に強制じゃないんだしさ」

オレは雨夜の前まで歩いていき、退部届を返した。雨夜の目は見られなかった。

オレにこんなことを言う資格はないとわかっている一方で、本気で言っているとも思った。でもそれはたぶん、雨夜に言っているんじゃない。雨夜の中に映る、自分自身に向かって言っているのだと思った。

……なぜだろう。なんだか無性に、いらいらする。

苛立ちにまかせて乱暴に上着を脱ぎ捨てると、何かがポケットからこぼれ落ちた。椿柄の便せん。ほとんど何も書いていない。しばらく眺めた後、オレはそれをゴミ箱に捨てる。

「脊尾先輩、それ……」

言いかけた雨夜を遮るように、部室を出た。

暗い鼠《ねずみ》色の空の下、そのままずんずん足早にグラウンドの方へ向かっていくと、正面から朝月がやってくるのが見えた。

「遅いな、もう練習始まるぞ。部室に雨夜いなかったか?」

「いたよ。すぐ来る」

オレはそれだけ言って、朝月の脇をすり抜けようとする。

「待てよ、脊尾」

腕をつかまれている。

「なんだよ」

見返した朝月の目には苛立ちの色がある。

「早めに来いって言っただろ。バトンのこと話すからって」

ああ……そういえば、そういう話だったっけ。しつこいな、こいつも。

雨夜の退部届を見たくらいで、動揺なんかしてない。なのに頭の中がぐちゃぐちゃで、いらいらが止まらなくて、オレはついぶちまけてしまった。

「バトンバトンってうるせえな。そんな必死にやってなんになるんだよ」

朝月が束《つか》の間《ま》目を見張り、それから顔をしかめた。

「古巣で何があったか知らないが、こっちにまで持ち込むなよ。400は勝手にすればいいさ。けど、リレーを中途半端に走るな。本気でやってる人間に迷惑だ」

おまえに何がわかるんだよ、と頭の中では思う。けど、朝月の目を見て逆に心が冷めた。

確かに本気でやっている人間の目だ。本気でやっている人間しか映さない瞳だ。

今のオレはきっと、そこに映ってはいない。

「そんなに熱くなんなよ。たかがリレーだろ」

自分に言い聞かせるように、力を抜くように、ゆるくつぶやく。心の奥底から返ってきた「じゃあどうしておまえはここにいるんだ?」という問いかけは気づかなかったふりをして握りつぶす。

「んだと」

勢いよくオレの胸倉をつかむ朝月の目には怒りが燃えている。

朝月が燃えれば燃えるほど、オレは自分が冷めていくのを感じる。

「落ち着けって。カッカしたってバトンがよくなるわけじゃねえんだからサ」

オレはいきり立った朝月の肩をぽんぽんと叩き、逃げるようにグラウンドへ向かった。

呼び止められるかと思ったが、声はしなかった。振り返る気にもなれなかった。ただ、追いつかれないように足早に、ひたすら足早に、でも走らないぎりぎりの速度で——途中で降ってきた雨に立ち止まることもなく、ずんずんグラウンドを目指して歩いた。

オレの走りがよくないんだってことはわかってる。そんなこと、オレが一番わかってる。朝月が悪いわけじゃない。オレが悪い。でもそもそも、どっちかが悪いから、そっちが直せよってもんじゃない。バトンって、きっとそういうものじゃない。

どっちみちオレは、信頼されるほどのチームメイトになれるとは最初から思っていないし、なるつもりもないんだよ。だってそうだろ。今のオレは、「走れて」ない。

大島に住んでいる祖父の家に居候している。祖父は若干認知症の気があるんだけど、元来天然でマイペースな祖母が上手く付き合ってるんで、あんまりそういう感じはしない。その世界に無理やりに入り込んできたオレはたぶん異物で、そういう意味だと、この島には本当にオレの居場所がない。陸上部だって同じだ。

自室としてもらっている部屋に戻る。荷物を放り出し、机に突っ伏す。

そのまま横を向くと、窓から暗い海が見えた。どこまで海なのかもわからない、闇に溶けた水平線。星が綺麗だ。前に一度スマホで写真を撮って、適当に撮ったのになんだかいい写真だったので、反射的に海野に送ろうとして、やめた。

机の引き出しを開ける。

くたびれた封筒から雪だるま柄の便せんを取り出すと、丁寧に書かれた小さな文字の羅列が目に入る。

ねえ、脊尾くん。

陸上は、続けていますか？

走ることはまだ好きですか？

「……何してんだろ、オレ」

＊

秀川高校陸上部は総部員数百人を超える超強豪で、毎年インターハイへ選手を送り込む総体常連校でもある。

オレが秀川へ進んだのは、一応監督からのスカウトだった。中学のときの、マイルでの走りが目に留まり、声をかけられたのだ。

元々走ることは好きで、４００は別に専門じゃなかった。中学の陸上部では１００も２００も走っていたし、４００もなんなら８００も走っていた。あまり種目や順位、タイムにはこだわりがなかった。ただ、走力を競う競技はすべて出ていて、その中でなんとなく４００が一番好きだった。タイムが一番よく、それが他の選手よりやや優秀だったというのもある。

スカウトを受けたという事実に、わずかでも夢を見なかったと言えば嘘になる。とはいえ自分が特別天才じゃないことは、秀川に入ってすぐわかった。インターハイ優勝候補、未来のオリンピック選手、高校記録保持者……もちろん、そんなのはほんの一握りだ。けれど、そういった例外を除いたとしても秀川高校陸上部というエリート集団の中にも確固たるヒエラルキーは存在し、そこでライバルたちに打ち勝っていくだけの地力と意志がなければ、死に物狂いのトレーニングと練習をどれだけ重ねたところで、試合に出る機会にすら恵まれない。その競争社会の厳しさに毒されるように、いつしかオレはタイムに、より正確には周囲とのタイム差に固執するようになっていった。

だが、不思議なことに、結果に固執すればするほど、結果は出なかった。

あと０・１秒が欲しい。そう思うほどに、求める記録は遠ざかった。

陸上とは、数字が出て初めて成長を実感できるスポーツだと思う。

夏を越えると、なぜオレはこの学校に来てしまったのかと思うことが増えた。焦っていたのだ。曲がりなりにもスカウトされて来ているのだから、結果は出さないといけない。なのにその結果が、厳しい練習の成果として表れてこない。

焦燥《しょうそう》、苛立ち、劣等感……。

海野舞《まい》という少女と初めてしゃべったのは、ちょうどそんな感情に苛《さいな》まれていた時期だったように思う。


彼女はオレと同じく400メートル走を専門とするロング・スプリンターで、特にスカウトを受けたわけではなく単純に学力試験で入学し、普通に陸上部を希望して入ってきたコだった。正直、秀川では珍しい。陸上部が強豪であることは有名だし、そうでなくとも陸上って競技はストイックで、地味なものだ。中でも400というマゾい距離を専門として希望する彼女は異質故に目立つはずだったが、秀川のスパルタな練習についていくのに必死だったオレの意識には当初映っていなかった。

屋外運動部の性として、夏明けに焼けてない部員なんかいるはずもないが、それでも濃淡はあって、彼女は比較的白い部類だった。ショートボブの、まっすぐな黒い髪の毛。全体的にどことなくあどけなさが抜けず、中学生が間違って練習に迷い込んじまったような印象を受ける。

走りがとろっちくて、ロングの女子の中じゃあダントツでのろい。

失礼なので本人に言ったことはないが、夏明けにふと彼女の存在に気づいたのは、そののろさが理由だった。女子でやけにロングジョグをちんたら走ってるのがいるな、と思ったら、それが海野だった。そこらの公立校で走ったって遅い方だろう。

でも傍から見ていてもわかるくらいに、それが悲しいほどに全力なのだった。あのスピードでも、４００走り切ったらケツワレしちまうのだ。あまりにも場違いだ。

試合になんか出られるはずもないことは、本人が一番わかっているはず。だとしたら、いったい何が彼女のモチベーションになっているのか。

オレが彼女を気にし始めたのは、そんな些細なことがきっかけだったように記憶している。

「あんたさ、なんで入部したの」

休憩のときにさらっと訊いた。

「え？」

面識はあるはずだ。入部するときに自己紹介してるはずだし。ましてや同じロング・スプリント。嫌でも毎日顔は合わせてる。

「脊尾くんは、なんで？」

いきなり名前を呼ばれて、オレはやや面食らった。その時点ではオレは、彼女の名前がぱっと出てこなかった。

「あー……監督からスカウト受けたから？」

そう答えて、そうなのかな？　と自分で思う。主体性の欠片もない答え。でもそれ以外の理由も思い浮かばない。

「そっか。脊尾くん速いもんね」

海野は納得したらしい。それからややはにかむように笑顔を見せて、

「私はね、ただ400メートルが、好きだから」

そのときの顔が妙にまぶしかったのを、よく覚えている。海野の肌の白さと、晩夏の日差しのせいだったかもしれないけど。

「なんで400なの」

と訊いたら、

「だって、トラックって一周400メートルでしょう。ぴったり一周走るのが、なんだか気持ちいいから」

だって。変なやつ。

でもそれからオレたちは、ちょこちょこ話すようになった。

練習中にそんな話している暇はないし、クラスが違ったから普段の学校生活でもそこまで接点はない。けど、昇降口ですれ違えば挨拶したし、遠目に目が合えば手を振るくらいはした。それができる程度には、オレが遭遇する海野は、いつも一人

でいるのだった。

不器用な子だってのは、あのとろさでしょっちゅう吐きそうになりながら400走ってるのを見れば、馬鹿でもわかる。不器用というか、愚直というか。空気を読まないというか、自分を貫くというか。部でも浮いているけれど、きっとクラスでも浮いているに違いない。

別に惚れてるとかじゃなかった。ただ、なんとなく、目が離せない感じ。

いや、あるいは……昔の自分を見ているようだと、そう思ったのかもしれない。


——ただ400メートルが、好きだから。

そう、彼女は昔のオレに似ている。

走ることが、ただ純粋に走るという行為が好きだった頃の自分。それ以外の色々なことを削《そ》ぎ落とした、シンプルな自分。でもあの頃、どうして400が好きだったのかをきちんと言語化しようとすると、上手く言葉に落とし込めない……。

二年になった年、クラス替えでオレたちは同じクラスになって、前よりもしゃべるようになった。二年三組にはなぜかロング・スプリントの同期が固まって、ちょっとしたグループにもなっていた。やかましくてお調子者の大屋《おおや》がいたんで、自然と彼を中心にまとまる感じになった。

「脊尾くんの走り、私好きだよ」

そんなことを言われたのも、確かあの頃だった。

「練習のときじゃなくて、大屋くんと全力で追っかけっこしてるときの走りね」

そういうとき、海野は自然な感じで笑う。嫌みを言っているのではなく、本気でそう思っているのだという笑み。

「なんだよ、それ」

確かに大屋にちょっかいをかけられて、やり返すために追いかけまわしていることはときどきあった。どっちもロング・スプリンターなんで、逃げる方も追う方も容赦がない。どっちかの体力が尽きるまで続く、無駄にハイレベルな追いかけっこ。

海野の目にはそれが、楽しそうに映ったのだろうか。

オレが海野と交わした言葉は少ない。でも少ない言葉の一つ一つに重みがあった。大屋とかとしゃべるときにぽんぽん投げ合う軽い言葉じゃなく、きちんとすべての言葉に意味を込めているような……海野は、そういうしゃべり方をする。だから、少ないけれど、彼女に言われた言葉は、ほとんど覚えている。

しゃべり方までとろっちいから、友だちができねえんだよとよく言った。友だちができてほしいという思いから半分は本気で言っていたけど、一方でそのマイペースなテンポを変えないでほしいとも思っていた。オレも海野の走りは好きだった。オレは一度だって、伝えたことはなかったけれど。

春が過ぎ、夏になった。夏を越え、秋がきた。

オレの心は、陸上から離れつつあった。

しんどい冬季トレーニングを越えてきたはずなのに、きつい夏練習も越えてきたはずなのに、一年前よりもタイムが悪くなっていた。周りのやつらはみんなよくなっていたのに。あの海野ですら、よくなっていたのに、オレは走るほどにどんどんタイムを落とし、練習がただただ苦痛になっていた。期待に応えられていない。そのプレッシャーに押しつぶされ、走ることの意義を見失っていた。

「おまえはなぜ入部してきたんだ」

あるとき監督にそう言われた。

「監督にスカウトされたからです」

呻《うめ》くように訴えると、監督は首を傾げた。

「おまえのような選手に、声をかけた覚えはない」

二年の九月のことだった。心が、折れた。


後でコーチがフォローしてきた。

監督が言いたかったのは、言葉通りの意味じゃないのだ、と。もちろんスカウトしたことは覚えている。でも、かつての走りの方がガッツがあった。かつて魅力を感じた走りが、今のおまえからは消えている。まるで別人のように。だからおまえなんか知らない、と。悔しいなら昔の走りを取り戻せ。そして、超えろ。

オレが学校へ言いつけることを恐れた言い訳かもしれないし、嘘かもしれない。

でも、正しいと思ったから、何も言えなかった。

わかっている。オレが一番、わかっている。

そしてオレは、取り戻せない、と思った。この場所じゃ、取り戻せない。だから逃げたのだ。


部をやめるとき、監督には引き留められなかった。代わりに海野が「走ることはやめないでほしい」と、そう言った。さようならも言わなかった。またねも言わなかった。笑顔も涙もなかった。ただ真剣な眼差しで、走ることは続けてくれ、と……。

そしてオレは、そんな彼女からも逃げるように、学校に行かなくなった。

＊

四月。

春。新学期。大島でも、桜の季節だ。

渚台高校陸上部には、新入部員が二人入ってきた。檜山という長距離の女の子。

新山という走り高跳びの男の子。どっちも「山」がつくんで、たまに名前を間違える。

フレッシュな新入生を見ているのは、ちょっときつい。部活が楽しくてたまらない、部活のために学校に来てる、みたいな……。でもここは秀川みたいにガツガツした環境じゃない。人数が少ないから希望の種目に出られる。そういうモチベーションは大事だ。三年間で、たとえ1秒1センチでも記録を更新できれば、彼らにとってこの三年間は有意義だろう。

そういうので、よかったんだ。オレも。きっと。

最初からこの学校の陸上部に入っていれば、あんな挫折を知ることはなかった。挫折を知ってからこの場所にいるのは、なんだか苦しい。場違いな気がする。今さら何を、と言われている気がする。

その気持ちに拍車をかけているのが、雨夜の変化だった。

最近、雨夜は変わってきた。退部するか悩んでいたはずが、いつのまにか受川とよくバトンの練習をしている。会話もしている。そういえば二月が終わる頃、陸上競技場での練習のときに、少ししゃべっているのを見かけた。思えば、あの頃から二人の関係は少しずつ変わってきたように思う。

受川がスタートする。400メートルのカーブに見立てたラインをぐーっと内傾して曲がり、マーカーを越える。

「ハイッ」

雨夜の手が上がり、バトンが渡っていく。少し詰まっているか？　でも、雨夜は綺麗に加速していき、50メートルほど走って流した。笑顔だ。上手くいった実感があったんだろう。確かに一月の頃とは天と地ほどに差がある、スムーズなバトンパスだった。

逃げるように目を逸らすと、少し離れたところに佇む朝月の横顔が目に入った。同じものを見ていたのだろう。そして朝月は、今も二人を見続けている。複雑そうな顔だった。チームとしては嬉しいはずなのに、それを上回る焦り、嫉妬、劣等感、もしくは……怒り。オレに対する。

怒りはともかく、それ以外だったら自分の中にもある気がした。どうして？　リレーなんかオレの知ったことじゃない。

じゃあなぜオレはここにいる。

ここ半年繰り返してきた自問をするとき、オレは必ず海野の手紙を思い浮かべる。

四月末。第二・三支部合同の東京支部予選会が行われる。インターハイへと続く、その入り口となる大会だ。

会場は大井ふ頭中央海浜公園陸上競技場で、秀川の頃にも応援や練習で何度か来ている。勝手知ったる地元って感じ。でも、久々の東京は思ったよりもごちゃついていて、息苦しくて、そうか都会ってこんなだったなとふと思い出す。

「モノレール乗ってみたかったなー」

酒井がつぶやいている。

「あと地下鉄!」

救急箱を背負い直しながら、オレは苦笑する。

「地下鉄なんか、なんもおもしろくないよ。いつも混んでるしさ」

大島だと、電車に乗ること自体がない。今思うとだいぶストレスフリーだ。

秀川は第一支部なので、日程が被ることはない。第一支部の予選は先週この場所で終わったはずだ。それでも試合会場に着くと、見慣れた白と藤色のジャージが見当たらなくて少しほっとした。別に出くわしたところで、話すやつなんかそんなにいないけど。

今日のスケジュールは、まず午前中に100メートル走と400メートル走の予選がある。四月に部内でタイムトライアルをやって、100のタイムは朝月(11・05)、雨夜(11・31)、受川(11・50)、オレ(11・80)の順になり、それでメンバーが決まった。一校から同一種目への参加は三人までだ。400にはオレしか出ない。

午前の予選を抜けると、午後に100の決勝。それから400の決勝。その後ヨンケイの決勝がある。

女子は酒井が朝イチのオープンの100ハードルに出るだけだ。新入生は選手登録が間に合わなかったため、支部予選には出られない。

九時二十五分。酒井のハードル走が始まる。

100メートルの三人はすでに招集場所へ行き、付き添いで新山がついていったので、ちゃんとスタンドから見られるのはオレだけだ（佐藤先生はテント番）。秀川のときは、とにかく大応援団だったな……試合に出る人間より、出られない人間の方が圧倒的に多かったんで、サポートに回ったり、それ以外は応援に回ったりと、とにかくひたすら選手をヨイショしていた。出場選手は神だった。オレたちは凡人。そんなの、強豪校じゃ別に珍しい光景でもないし、今日の会場でもちらほら見かける。ふっと見かけた女の子が海野に少し似ていて、ドキリとする。

会場がわっと盛り上がる。ハードルのレースが、始まる。

「どうせオープンでしょ」

オレは吐き捨てるようにつぶやく。でも目は、食い入るように酒井を見つめている。


午前中の100メートル走で、雨夜と朝月が決勝に残った。

雨夜の走りは、今年の初めとはまるで別人のようだった。今までの走りには、スタートに何か焦りのような、それ故に空回っているような、無駄な力みがあった。今日の走りは、自然だ。非常に。美しくすらある。チーターみたいに、しなやかに走る。

朝月は相変わらず安定した走りで11秒台前半を出している。なんていうか、サイボーグみたいだな。いつもきっちり同じ走りだ。才能があり、かつ不断の努力を重ねてきたタイプ。秀川時代にも似たようなやつを見たな。

ぼんやりしている場合じゃない。オレはちんたら400のアップに向かう。

400を公式戦で走るのは、ずいぶん久しぶりだった。中学以来だ。今までコンディションをどうやってピークに持っていっていたのかがわからなくて、どうテンションを上げていけばいいのかがわからない。とにかくモチベーションがない。

400ってのは微妙な距離だ。人間はそんな長い距離を全力で走ることはできない。かといって、長距離でもない。マラソンと同じペースで走ったら話にならない。

ちなみに世界記録は43・03秒だ。考えたくもないが、ウチのヨンケイより速いのだ。嘘だろって思うけど、そう考えると400のスピード感がなんとなくわかる。ちなみに高校記録は45・47秒で、これもそこらのヨンケイより遥かに速い。支部の大会だったら、47、48秒台のリレーチームなんかごろごろしてる。

オレのベストは50秒台、まあ支部の大会で40秒台出すやつなんかそうそういないから、ベストが出れば都大会は十分あり得る。でも、出る気はしない。決勝のラインは53秒ってとこか。そこまで行ければ、まずまず……。

アップを終えて十時四十五分コール。付き添いには新山がついてきた。別にいいなかった。

よ、と言ったけど、勉強させてください、と目をキラキラさせて言われて断り切れ

「脊尾先輩って、400専門だけど100も200も速いって聞きました。すごい

ですね。オールラウンダーって感じで」

新山は人懐こいタイプで、受川みたいに話しかけんなオーラ全開の先輩にも平気

で話しかけに行く。コミュ力の低いうちの陸上部としては、貴重な存在だ。男子版

の酒井ちゃんみたいな感じ。

「どうかな。全部中途半端なだけだよ」

オレは苦笑いしつつ、あながちそれが謙遜でもないことを自覚している。

「でも全部走れるって、それだけタフってことじゃないですか。かっこいいですよ。

先輩、フォームも綺麗ですし」

「あー……そうな。ちょっと集中したいから静かにしててもらっていい？」

無理やり会話をぶち切ったけれど、別に静かでもうるさくても集中なんかできな

かった。

気持ちが入っていかない。

浮ついている。力が入らない。

スパイクに足が綺麗にはまらない感じ。

そういう気持ち悪さ。というか、違和感。

だめだ。これはろくな走りができない。

もう頭がずっとふわふわしていて、スタートラインについたときも全然集中していなかった。

ピストルの号砲を聞いて飛び出し、走り、でもレース展開なんかちっとも考えられていなくて、自分がどこを走っているのか、今何位なのか、どれくらいのスピードで走っているのかもわからなくて……なんだか、世界と薄い膜で隔てられている感覚だ。そこにいるのに、いない。走っているはずなのに、走れていない。足がすかすかと空を切っている。

タイムは54・59秒。

普通に予選落ち。わかった瞬間に笑ってしまって、オレはもうだめだと思った。


100の決勝は十三時二十分からだった。雨夜の付き添いには受川（予選落ちしている）がついていき、朝月の付き添いには新山がついていった。

オレはスタンドから試合を観ていた。朝月は予選同様安定した走りで、11・15秒をマーク。少しタイムは悪いけど、決勝だし流してなかっただろうから、風のせいかもな。まあそれでもトップ八位のタイムには残れているだろう。都大会圏内。おそらく。

雨夜のレースは、予選よりもさらにキレが増していた。

スタートから無理のない加速、前傾姿勢からどんどんピッチを上げてスピードに乗り、そのピッチが後半になっても下がらずその組の中ではぶっちぎりのトップ。前の組がかなり速かったから、全体だとやや順位は落とすだろうが、これは行ったな。速報タイムで自己ベストタイが表示され、雨夜は嬉しそうだった。ああ……なんだろうな。「オメデトウ」とつぶやいたけど、虚しく響く。自分の中で、今の雨夜の走りが、雨夜の変化が、すげえ痛い。自分に刺さってくる。目を逸らしたくなる。逃げたくなる。これ以上、もう、逃げる場所なんかどこにもないのに。

「都大会行くぞ！」

十五時十五分。リレーの招集時間だ。四人で円陣を組み、朝月が気合を入れている。受川と雨夜が声を出している。オレはいまいち気の乗らない声をあげたが、出てなかったかもな。だめだ。このままだとまともに走れねえ。いや、もう別にいいか……今日のリレーと、あとは明日の200に出る予定だが、全部予選で落ちてしまえばインターハイへの道はそれで終わる。夏まで他にでかい大会はない。さっさと引退して、ジ・エンドだ。

持ち場につくまでの間も、ついてからも、心はずっと浮ついていた。

走るのに気持ちなんか関係ねえだろって思う。

足さえ動かしゃいいんだから。きっちり練習してきていれば、自動化されて、体は勝手に動くはずだ。

でもメンタルって、そんなに単純じゃない。

練習でできていても、試合で百パーセント出すのは難しい。

ましてやオレは今年、練習でちゃんとできていない。

それが試合で百パーセントになる道理なんか、あるはずもない。

陸上はそんな甘くない。だからオレは４００で予選落ちした。

でもリレーは、オレだけじゃない。受川、雨夜、朝月も走る。少なくとも、オレよりはベストを尽くしてきたであろう三人。オレはこれから、その足を引っ張るわけだ。

今さらの罪悪感だ。馬鹿じゃねえの。どうにもならねえ。

「オン・ユア・マーク」

ここからは一走は一番遠い。あまりよく見えないし、オレは見もしない。

「セット」

一瞬遅れて、ピストルの音。そこでようやく顔を上げて、レースを見た。

受川が走っている。背が高く、長い手足を活かした大きなストライドでぐんぐん距離を稼いでいく。でもやつの真骨頂はそのコーナリングの上手さだ。あの長身が内傾すると、かなり傾いでいるように見える。けれどバランスを崩すことなく、たとえ一番内側のレーンでもあのでかいストライドで綺麗に最短距離を走る。２００走者としては当たり前の技術だけど、その精度が高い。上手いやつのコーナー走って、この世にカーブ走ほど簡単なものはないように見えるから不思議だ。

二走へのバトンパスで、ようやく順位がぼんやり頭に入ってきた。選手が重なってよく見えないが、たぶん二位か三位。雨夜がぐんっと飛び出していく。出が早いように見えたが、最近の雨夜はじっくり加速することを大事にしているようで、その間に受川が追いついていく。バトンパス。雨夜の手が上がり、すぐに受川がバトンを渡す、受け取る、そのまま雨夜がスーッと加速して、どんどんピッチを上げていく。

そのバトンパスを見たとき、心臓がどくんと強く脈打った。

なんだろう。その美しいバトンパスに、妙に心が躍った。それまで何を考えていたのかを、忘れた。

雨夜はバックストレートを驀進《ばくしん》し、その間にトップに躍り出た。トップスピードになってからもピッチが落ちない彼は減速幅が小さく、そのまま二位との差を広げてオレのところへ駆けてくる。

速いな。加速走だと、100よりもずっと速い。

オレはふと、足長のことを、何も雨夜と相談していなかったことに気がついた。いつも通りの足長だ。でもこの勢いで来られると……たぶん詰まる。

一瞬の判断だった。

実際のマーカーの手前に、頭の中で半足延ばしたマーカーを置いた。

雨夜がそれを越えた瞬間、全力で出た。

それでもすごい勢いで背後から雨夜の足音が迫ってくる。

オレはその音から逃げるように、必死に両手を振って加速していく。

思ったよりも早いタイミングで合図がきた。オレは無我夢中で手を上げた。

「ハイッ」

バトンがぐっと押し付けられ、そのバトン越しに、背中を強く押されたような気がした。

風が吹いている。

気がつくと、すいすいと足が動いている。

風に押されるままにカーブを抜ける。

足をすとんすとん、と狙った場所に置いていくだけ。

ただ、走る、走る、走る――。

気持ちがいい。

何も考えなかった。

ただ走るだけ。それ以外のすべてを削ぎ落とす。

シンプルだ。なんてシンプルで、美しい行為だろう。

マーカーを越えたことは自覚していなかった。

目の前に朝月の背中が迫り、「やべっ」と思った。いつもこんなスピード出てないから、これは確実に詰まる。朝月も出足を調整する余裕はなさそうだ。ええい、ままよ。

「ハイッ」

バトンを受け取った朝月にぶつかりながらも押し倒さないようになんとかつんのめってこらえ、その隙に朝月はだーっと駆けていった。バトンパスがもたついたんで一度抜かれたが、60メートルあたりで抜き返してトップを奪還する。こういうときのあいつの走り、安心感があるな。バトンが詰まらなかったらもっと速いだろうけど、詰まってもこのスピードが出る安定感。やっぱアンカーに選ばれるだけのことはあるよな、おまえ……。

朝月はそのまま一位でゴールし、オレは速報タイムが43秒台であることだけ確認した。

ああ、すげえな。

一瞬で縮んだよ、タイム。

これがリレーのすげえところだ。

なんか馬鹿馬鹿しくなる一方で、清々しい。

両手を腰に当てて天を仰ぎ、今さらのように今日がいい天気であることに気がついて、笑っちまった。遅ェって。

何かを変えるということは、今の形を少なからず壊すということだ。一度作り上げたものを壊すのは、とても勇気のいることだ。ましてや今までのやり方で、実績がある人間ならなおさら……簡単なことじゃない。気持ち的にも、技術的にも。

「ああ、退部届ですよ。前に見られたやつです」

雨夜は軽い調子で言って、それをゴミ箱へ捨てた。細かくちぎられた雨夜の苦悩が、ぱらぱらと、桜の花びらみたいに散った。散らかった部室の中、そこだけ不釣り合いに光が差している。埃に反射した光の筋と、宙をゆっくり落ちていく紙きれ……。

＊

二日間にわたる支部大会が終了した翌日。遠征で持ち出した救急箱を戻そうと思い、部室まで来ると、雨夜がいて退部届をびりびりに引き裂いていた。心境の変化でもあったのか、と訊ねると、雨夜は若干ばつの悪そうな顔をした。

「そう見えますか？」

「こないだのリレー……いや、１００メートル走もか。なんか吹っ切れたように見えたから」

三月頃から少しずつさなぎになり始め、こないだの支部のレースでついに羽化したような。そんな印象をオレは受けていたが。

「吹っ切れた……んですかね」

「走りが変わったよ」

「それは、まあ、変えましたから」

雨夜の答えに、少しはっとする。「変わった」んじゃなく、「変えた」。雨夜にそんなつもりはなかっただろうが、その言葉はなぜかオレの中の、どこか深いところに強く突き刺さる。

沈黙を会話の切れ目と見たのか、雨夜がやおらロッカーを開けた。「断捨離せよ！」という張り紙のされた、謎のロッカーだ。取り出されたものを見て、オレは目を丸くする。

「すいません。勝手に拾いました。ちょっと中身も、見ちゃいました」

それは、あの日感情にまかせて捨ててしまったはずの椿柄の便せんだった。海野への返事が書きかけになっている……。

「手紙書くつもりだったんですよね。ちゃんと書いた方がいいと思います」

雨夜に差し出されたそれを、オレはじっと眺める。

拝啓　海野舞様

久しぶり。こちらでも陸上部に入りました。今でも走ることは続けています。

なんで陸上部入ったんですか？　と雨夜は訊ねた。

なぜ、そんなことを訊くのだろう。「ちょっと」とか言って、中身しっかり読んだんじゃないのか。まあ、だとしても責められはしないな、一度は捨てたものなんだから……。

オレは雨夜に曖昧に笑ってみせるに留めた。それを笑い話にできるほど、オレはまだ自分の気持ちに整理をつけられていない。

「せっかく来たんですから、ちょっと走りませんか。二、三走間のバトンを、もう少し集中的に練習したいんです」

答えないオレに何を思ったのか、話題を変えた雨夜は、少し強張った顔をしていた。

きっと、彼にとってオレは、今でも声をかけづらい相手なのだろう。だけどそれでも、練習に誘ってきた。今までは弱かった〝バトンパスを改善したいという気持ち〟が、オレに対する躊躇を、どこかで上回ったのだ。

そんなふうに雨夜が変わることができたのは、きっと誰かから、どこかから、それだけのものを受け取ったからだ。それこそ、バトンみたいに。

支部予選会の後、オレはリレーのことを、何度も思い返した。

43・45秒。

全体で四番目のタイムで、都大会進出を決めたあのリレーのこと。

特にバトン……雨夜からもらったバトンを、オレは見ていない。酒井がビデオに撮ってくれていたはずだけど、それも見ていない。

だけど、瞼を閉じれば確かに見える。

追いつけないからと足長を縮めていた雨夜が、背中に迫る勢いで詰めてくる。

傍から見れば、ただの詰まったバトン。

でも、そのバトンがぐっと押し付けられて、そのまま押し出される。

いけと。走れと。そう言わんばかりに。

雨夜の手から風が吹いていた。

オレの背中にだけ吹く、強い追い風。

それはきっと、今も吹いている。

「なあ、雨夜くん。一つ頼みがあるんだけど——」

大島町陸上競技場に予約をねじ込んだ。渚台高校からだとほとんど島を縦断することになるんで、一度家に帰り、きちんと支度をして出直す。元町港から十二時発の路線バスに乗り込んで、競技場までは四十分ほど。

バスに揺られて移動する間、大会があった昨日の今日でこんなことやるべきじゃないよなとぼんやりは思っていた。肉体的な疲労は回復しきっていないし、コンディションだって最高とは言い難い。全力で走れるのは、せいぜい一、二本だろう。すでにインハイは敗退した。オレの高校生活における４００メートル走は、もう終わったんだ。今日ここでたとえ50秒を切っても、二週間後の都大会に出られるわけじゃない。何の意味もない。

それでも今、このタイミングで、オレは４００を走らなければならないと思っていた。

素人にはあまりピンとこないだろうが、８００や１５００よりも、４００がきついという人間は結構いる。かく言うオレもその一人だが、理由の一つとして、４００メートル走が無酸素《むさんそ》運動の極致であるというものがある。

およそ四十秒。これが人間が最高強度の無酸素運動を続けられる限界だと言われている（つまり、厳密には４００メートルという距離ではなく四十秒という時間が指標《しひょう》になる）。この四十秒を超えて走るということは、無酸素運動のエネルギー源たる筋肉内の糖《とう》が空っぽになってもなお、走り続けるということだ。男子４００の世界記録は43秒であり、高校記録は45秒である。多くの選手が文字通り〝出し尽くす〟レースの後には、独特の満身創痍《まんしんそうい》感《かん》が漂う。

この過酷なレースでスピードを出すためには、同じ短距離走でも１００や２００とは少し違った考え方が必要になってくる。例えば１００が瞬間最大出力をいかに高めるか、というところに比重を置くのに対し、400は文字通りの最大出力勝負だ。要するにペットボトルの口をでかくしたいのが100、ペットボトルそのものをでかくしたいのが400——というのは、秀川時代にコーチに教わった一つの考え方だった。

一昨日のオレは、このペットボトル理論で言うところの、蓋が開ききっていない状態で走っていたと思う。だから、自分のペットボトルの大きさがどうあれ、全部出し尽くすことができなかった。だけど、リレーでその蓋を雨夜が緩めてくれた。今、それは外れかかっている。今しか、外せないと思う。400でしか、外せないと思う。

競技場に着くと、念入りにアップを始める。靴紐を締め直し、軽く走ってみて筋肉の調子を確かめる。支部大会のレースはぐだぐだの400とリレー一本、大して消耗したとも思えないが、やはり体は少し重い。

やがて雨夜がやってきて、部から持ってきたスタブロをスタートラインに置いた。雨夜にはスターターをやってもらい、タイムも計ってもらう。

400のスタートラインに立つ。やや強い向かい風。別に時間の決まっている公式試合じゃないから、風がやむタイミングを待ったってよかったけど、先に気持ちが固まった。

「頼む」

雨夜に言って、オレはスタブロに足を置いた。
ドン。
「イチニツイテ。ヨーイ……」

400のレース展開は人によるが、ある研究結果によると最初の100メートルは、ほぼすべての選手が全力の九割ほどのスピードで走っているらしい。高校生で言うと、50秒切るようなやつは11秒強で抜けていくペースだ。一次加速、二次加速を経て、ほぼほぼトップスピードまで持っていく。ここでスピードが上がらないと、終始スピードに乗り切れなくなる。一歩、二歩、三歩としっかり足を置きぐっぐっぐっと加速、二次加速ですっすっすっとスピードに乗っていく。

50メートル。

400のペース配分はいくつかタイプがあるが、多くの選手で後半失速するのは避けられない。前半と後半のタイム差が、できるだけ小さくなるように走れるやつは強い。そういうやつほど前半から速くて、後半もタイムが落ちない。

100メートル。

秀川時代、オレは前半後半のタイム差が2秒以内におさまるように走ることにしていた。前半も後半もバランスよく速い、いわゆるイーブン型だ。昔は後半型だったのだが、秀川に入ってからイーブン型の速いやつが多くて、真似るように前半を強化するようになった。

200メートル。

でも今思えば、小器用にペースを振り分けることにこだわり過ぎたのかもしれない。前半型とあまりに大きく差がついてしまうと、巻き返せない。かといって前半はしゃぎ過ぎると、肝心の後半で踏ん張りがきかなくなる……だから、前後半に上手くペースを配分して、前半置いていかれず、ラストも踏ん張りがきくようなレース展開を目指していた。でも実際には、最初にエンジンを中途半端にふかして、その中途半端なエンジンのまま走り切ってしまうような……そんな走りになっていたのかもしれない。

――おまえ、いつも苦しそうに走るよな。

秀川時代のチームメイトに、言われたことを思い出す。

――ロング・スプリントを苦しまずに走れるかよ。

そう言い返したら、ため息交じりに「そうじゃねえよ」と。その後休憩が終わってしまって、結局何が苦しそうだったのか、聞きそびれた。

――脊尾くんの走り、私好きだよ。

なあ、海野。

――練習のときじゃなくて、大屋くんと全力で追っかけっこしてるときの走りね。

結局あの言葉の真意、オレは未だによくわかってない気がするよ。

３００メートルを越えた。
あの頃そんなに苦しそうに走ってたのかな。今だって、苦しいけど。
３１０メートル。
今日はきちんとエンジンをふかせているだろうか。自分では、よくわからない。
３２０メートル。
急にくらっときた。視界が暗くなってきた気がする。酸欠か？
３３０メートル。
一昨日とは違う。苦しい。しんどい。体がばらけそうだ。
３４０メートル。
尻と太ももの筋肉が酸欠を起こし糖が枯渇する。エネルギーが足りていない。
３５０メートル。
それでも前を見て走る。
３６０メートル。
少しずつ近づいてくる雨夜を、目印みたいにして走る。
３７０メートル。
いつしか向かい風はやんでいる。
３８０メートル。
大丈夫。手足は大きく振れている。

390メートル。

このまま、このまま最後まで走り切るだけだ。

400メートル――。


ゴールした瞬間ケツワレした。久々に。いつ以来だろう……ああ、裂ける。ケツ裂ける。マジで動かねえ。太ももから尻にかけてじんじんする。いやもう、全身いてえ、死ぬ、マジ死ぬ……。

最後の力を振り絞って仰向けにばったり倒れ込むと、空があった。

酸欠のせいなのか、それともランナーズ・ハイなのか、なんだか妙に鮮やかに見えた。

青い。人生で一番、青い空。

どうしてオレは、こんなきつい思いをしてまで400を走るのか。

空っぽになった頭に、ふっと浮かんだのは、海野の言葉だった。

――ぴったり一周走るのが、なんだか気持ちいいから。

オレは違うな、と思う。いや、もしかしたら言葉が違うだけで、同じなのかもしれない。つまり、終わった瞬間ゲロったり、這いつくばって動けなくなるような――なんでそんなキツイの走るんだって人にはいつだってオエって顔をされて、それでもこの一分足らずの疾走の後、この時間を知ってしまったら、もう戻れないってこと。

だって、全部出し切れる。

空っぽになれる。

レースの直後、仰向けに倒れて起き上がれないとき、見上げた空が一番青く見える。

そうだ。そうだよ。４００ってのは全部出し切る競技だ。トラックを、きっちり一周走り切る。自分のエネルギーを、出し尽くす。余すことなく、すべてを使い切る。別にドＭじゃないけど、ケツワレ上等。それでこそ、４００だ。

どうして４００が好きだったのか。やっと、思い出した。いや、今日初めて気づいた、のかもな。

「……大丈夫ですか?」

声の方に視線を向けると、蓋の開いたペットボトルが目の前にあった。スポーツドリンクだ。受け取りながら、オレは雨夜にへろへろと笑みを浮かべてみせた。

「サンキュ。もう、十分だわ」

タイムは訊かなかった。今日の数字は、どうでもいいのだ。

これからの、数字の話をしよう。

「時間あるとき、リレーの練習をしよう。ゴールデンウィークが明けたら、朝とか、休み時間も上手く使ってバトンをやろう。０・01秒でも、オレたちの区間でタイム縮めていこう」

　雨夜はしばしぽかんとオレを見た後、我に返ったように「はい」と何度もうなずいた。

*

　支部予選から都大会までは二週間ほどしか時間がない。都大会はリレーの他、雨夜と朝月が100、受川とオレが200に出る。その練習も必要だ。こっちも、できることがたくさんあるわけじゃない。時間は限られている。

　ゴールデンウィークの練習は、ほぼバトンだった。残り二週間どうあがいても、スプリントのタイムを0・1秒縮めるってのは現実的な話じゃない。でもバトンパスを改善しさえすれば、リレーの0・1秒は可能性がある。オレたちのバトンは完成度がまだ低く、伸びしろも大きい。

　ゴールデンウィーク明けは、全員が確実に揃う放課後練習がリレーに充てられるので、必然的に朝は受川も朝月も個人競技の調整に取り組んでいた。だけどオレと雨夜は、朝もバトンをやった。毎回ラインを引くのは時間的にきついとこもあるけど、その分充実感もあった。
　二、三走はヨンケイの中で、もらう、渡すの両方が存在する区間だ。だからオレと雨夜は、朝月や受川と違い、もらう技術と渡す技術、両方を求められる。別に他の連中を巻き込めばいいだけの話ではあるけど、受川と朝月は個人競技にも熱を入れているし、特に朝月に対しては正直どのツラ下げて……っていうのもあって、朝練では雨夜と走順を逆にして走ったりもしている。受川が出禁のときにやっていたやつだ。

単純にお互いもらう練習と渡す練習両方やろう、というのが当初の目的だったが、一つ発見もあった。それは、もらう技術はたぶんオレの方がよくて、渡す技術は雨夜の方が優れているということ。これは以前走順を逆にして走っていたときには、気づかなかったことだ。

オレは足長を決めてあっても、そのときどきで出足を調整したりしている。でも、雨夜はそのあたりの見極めが苦手なようで、マーカーにしてみても、前走者のどの位置がマーカーを越えたら出ればいいのか、わからないらしい。雨夜にとって前走者となる受川は、特にストライドの大きい選手なので、マーカーを越えるタイミングが見極めづらいのだろう。

逆に渡すときのポイントは、雨夜の方がよく見えている。オレはバトンパスのタイミングでかなりスピードが落ちていて、空ぶってしまうことがある。そこらへんは雨夜が相手だからというのももちろんあるだろうが……今まで単純に、いまいちスピードが出ていないからだと思っていたら、どうやらそれだけではなかったようだ。

オレは雨夜に、マーカーだけを見るのではなく、きちんと前走者の走りそのものを見ておかなければならないことを伝えた。まあ、秀川の監督の受け売りだが……見る、といっても漠然と見るのではない。前走者の体力はどうか、今日どれくらいのレースをしてきたのか、調子はいいのか悪いのか、メンタルはどうなのか……人のことを言えるほど自分もできてはいないが、理屈としてはそういうこと。でなければ、出足を調整することなんてできない。いつも通りの足長、いつも通りのマーカーを越えたら、いつも通りに出る。それが機械的にできればいいけれど、それができないのが人間であり、リレーの難しいところで、同時におもしろいところでもあるのだと思う。

雨夜は、バトンパスの減速を抑えるためには、腕を伸ばして走る時間を最小限にする必要があることを改めて強調し、オレの手を上げて走る時間の長さを指摘した。きちんと利得距離を最大限に得たかったら、ベストなタイミングは一瞬しかない。その一瞬を逃さず合図して、手を上げ、さっとバトンを渡す。その時間が短ければ短いほど、スピードのロスがなくなる。マイルの癖なのかもしれないが、オレはたぶん、合図と同時に腕を上げちまってる。朝月が手を上げるより早くさえあるかもしれない。その場合、オレの方が先に減速し始めることになり、加速していく朝月に追いつけなくなる。今までは朝月があまり加速せずもらってくれていたから届いていたが、朝月が全速力で出たら流れてしまうのは道理だ。このへん、かなり雑にやっていたのが浮き彫りになった。

バトンの変化は、確実にタイムに現れてきた。練習で、42秒台が出るようになってきた。個々の走力を考えれば、不可能なタイムじゃなかったんだ。バトンパスの改善、そして雨夜が化け始めたことが大きな要因だったが、オレと受川のベストもたぶん伸びている。41秒台も夢じゃなくなってきた。残る課題は、三、四走のバトンパス……。

都大会まで一週間を切ると、朝のリレー練習に受川が加わるようになった。最後の数日は、朝月も加わった。けれどオレは、まだ朝月ときちんと話せていない。朝月へのバトンはぶつかることが増えていたが、そのことで朝月がオレにガツガツ話しかけてくるようなこともなかった。

最近のあいつからは、拒絶オーラが出ている気がする。その気配を感じてしまった以上、オレとしても下手に刺激したくはない。都大会を目前に控える今、小さな確執を残してでも、大きな摩擦は生まないようにしたい。その摩擦は、きっとそのままリレーのブレーキになってしまうから。

だけど今のままでいいんだろうか。

大きな摩擦はなくとも、小さな確執を残した状態で、それをなかったことにして走ったとして……そんなレースで、都大会を戦えるだろうか。

大島は火山島で、島の中央にそびえる三原山はその中央火口丘にあたる。周辺はカルデラになっており観光スポットでもあるが、同時に未だ生きている活火山でもあり、一九八六年の噴火の折には全島民が避難する事態となるなど、その火山史は島の暮らしに密接に関わってきた。オレらが日頃暮らしているのはその裾野《すその》に当たる部分で、この三原山を中心に、大島は独自の生態系を形成している。

今まで島の風景には、あまり目が行っていなかった。春先には椿まつりで否応なくこの島の名産が椿であることを思い知ることとなったが、それ以外は——例えば三原山が火山であることすら知らなかった。そういうことの多くは、島生まれの受川や酒井、雨夜が教えてくれた。

「まー、伊豆諸島最大とか言っても、結局島ですからね。小さな世界ですよ」

酒井は故郷をそんなふうに茶化して言う。

「一度利島来てみればいいよ。絶対そんなこと言えなくなるから」

雨夜は隣の利島というところの出身で、その島はさらに椿だらけらしい。

「東京に比べたらどんぐりの背比べだって言いたいんだろ」

受川がめんどくさそうに唸ると、酒井が喚いた。

「だーかーら、ここも東京だっちゅーに」

いつぞやも聞いた台詞にオレは笑う。

「郷土愛だね」

言葉選びはともかく、彼らの声音は温かい。なんだかんだ言っても、島のことが好きなのは声を聞いていればよくわかる。

綺麗に晴れた五月の昼休み、校舎の三階の窓からは、三原山のやや平らな稜線が覗いている。廊下でたまたま出くわした後輩たちにとっては見慣れた風景なのだろうが、オレにとっては今でも慣れない景観だ。身近に火山がある生活。自分が今、その中に身を置いていることには、いまいち実感が湧かない。

「私だって実感ないですよ。生まれてから一度も噴火してないですし」

と、酒井は笑う。

「一九八六年に三原山が噴火して、カルデラの一帯は溶岩に焼き尽くされたんだって、親父が言ってたな」と、受川。

昔の噴火のことを、当時生まれてもいないだろうに、みんなよく知っていた。平成生まれの彼らからすると、両親や祖父母の世代がちょうど全島避難を経験していることになるらしい。

「そんなことがあったなんて、嘘みたいですよね。今の三原山を見てると」

雨夜がしみじみつぶやいた。

今、五月の大島は、鮮やかな新緑の緑に覆われている。島の名産である明日葉《あしたば》、初夏に咲き誇るオオシマツツジなど、生命力の強い植物が黒い溶岩を覆い尽くすように育っている。

そのたくましさは、どことなく雨夜たちに通ずるものがある気がした。みんな痛みを抱えつつも、少しずつ前を向いて、最後はまっすぐに走り出していこうとする。またいつ噴火するかもわからない火山島で、それでも三原山と向き合い生きていこうとしている。

強い土地だ。人も、自然も。

荒々しく、そのくせどこか優しく、不思議な力に満ちている。

今さらのように、その雄大な景観に魅入られる。

よく晴れた五月のある朝、オレは一枚の写真を撮った。三原山に、少し気の早い入道雲がかかって、青い空と相まって力強い写真になった。

机の上に飾ったその写真を見ていると、あの日雨夜に渡された椿柄の便せんに、ふっと手が伸びた。

オレと海野の違いは、入部する動機を自ら発したのか、それとも他人に丸投げしてしまったのか、ってところだったと思う。

ただ、意味もなく走るのが好きだった。順位もタイムもどうでもよかった。でもいつからか、走る理由がタイムになってしまっていた。あの学校にいると、そうなってしまった。それは監督のせいというより、オレの問題だ。期待に応えないといけない。結果を出さないといけない。その焦りが、逆にタイムを悪くした。苦しさを生んだ。海野があの場所で走り続けられるのは、自分で選んであの場所へ来たからだ。オレも、そうすべきだった。自分で選んであの学校に入っていたら、きっと耐えられた。でもそうじゃなかったから、逃げ出した。

それなのに、オレはなあなあにまた陸上部に入ってしまった。海野が続けているかと問うから、続けていると答えられるように。あいつに嫌われたくないという思いが、どこかにあった。でも今のオレの走りを見たら、きっとあいつは幻滅するだろうともわかっていた。

何をしてるんだ、オレは。

ずっとそう思っていた。

だけど今は、何をしているのか、わかる。

オレは、走ってるんだ。

走りたいから、走ってるんだ。

だから、陸上部にいる。

渚台高校陸上部へ入ったのはきっと、オレがそうしたかったからだ。

オレ自身がどこかで、走ることを捨てられなかったからだ。

佐藤先生の勧誘も、海野の言葉も、もちろん後押しになってる。あれがなかったら、本当に捨てていたかもしれない。でもきっと、丸投げじゃなかった。オレ自身の気持ちも、そうしたいという気持ちも、どこかに確かにあった。

入らなきゃいけない、とは思ってなかった。秀川のときとはそこが違った。

なあ、海野。

オレも400が好きだよ。

自分のすべてを出し尽くせる400が好きだよ。

だから、高校での挑戦はもう終わっちまったけど、これからも走ろうと思う。

どんなに苦しくても、その苦しさすらも限界まで絞り尽くして、走り続けようと思う——。

そんなようなことを、気がつくと便せんの紙面に書き殴っていた。読み返して苦笑する。こんなの送られたって困るだろ。でも海野はたぶん、ちゃんと読んでくれる気がするんだ。

最後に「絶対関東行くから、リレー見てくれ」と書き加えた。ごちゃごちゃ書いた心の叫びよりも、そっちの方が今のシンプルな気持ちだ。三原山の写真を同封して、その日のうちに投函した。


話は少しさかのぼるが、ゴールデンウィークの練習に、受川の兄だというOB・空斗さんが顔を出してくれた。受川はおおいに腐っていたが、ありゃあたぶんポーズだな。空斗さんは普通にいい人だった。かつてこの渚台高校陸上部の黄金時代を築いたという、俊足のスプリンターらしい。

オレは挨拶をした以外は特にしゃべらなかったけれど、朝月と空斗さんがしゃべっているのを、少しだけ盗み聞きしたのが印象に残っている。

「空斗さんの関東のリレー見て、俺ヨンケイにすごい憧れてたんです」

朝月は、そう言っていた。

「だから関東大会、絶対行きたいんですよ。今年が最初で最後のチャンスだから」

ぎらぎらした目の朝月を、空斗さんが「おまえ、ほんと走るの好きだよなァ」とちょっと呆れたように笑っていた。

オレが朝月を苦手だと思う理由は、なんとなく気づいていた。

あいつもまた、オレに似ているのだ。海野に似ているのだ。

走ることが、ただ好き。

＊

五月二週目の週末。都大会、一日目が始まる。

最も早い競技は十二時コールの100メートル走だけど、飛行機もジェット船も始発便を使っても間に合わないし、この時間帯は大島発の客船もないので、結局ヨンケイチームは前日入りになった。リレーは十五時十分にコールがあるので、当日のジェット船で間に合うんだけど、まあ100の応援がゼロってのも寂しいもんだ。

酒井や一年は、交通費が馬鹿にならないんで応援は任意、でも三人とも「行きます」と言ってくれていた。リレーの頃には顔を出してくれるはずだ。

今日の会場は駒沢陸上競技場。駒沢オリンピック公園という施設の一部分で、一九六四年の東京オリンピックでは、その名の通りいくつかの競技がここで行われた。収容人数二万を超える競技場は都内にそう多くないが、そのうちの一つであり、設備は充実してる。例によって、オレは秀川時代にも何度か訪れている。

涼しげなブルー・タータンが印象的だった。国内じゃ、青いトラックはちょっと珍しい。陸上といえば赤のイメージは未だに根強い。調べてみてちょっとおもしろかったんだけど、トラックの色で結構タイムが変わるらしい。赤は興奮を引き起こす、青は逆に鎮静させる、とか、人によりそうだけどそんなに違うもんなのかな。オレはあんまり意識したことがないけど、雨夜は「青の方が落ち着く気がするんで僕は好きです」と言っていた。まあ、エースがそう言うんならいいんだろうな。

100メートルの予選が行われる正午にはかなりの夏日になった。まだ梅雨前だっていうのに気の早い……タータンが焼けついて、触るのも熱そうだ。雨夜と朝月が100のコールに向かうので受川が雨夜の付き添い、オレが朝月の付き添いでついていくことになった。

あの喧嘩っぽい一件から、オレは朝月とずっとまともに口をきいていない。事務的な会話はするけど、目は合わせないし、必要最低限だ。なんなら至近距離でもメールする。

　朝月の付き添いは初めてだし、こいつが試合前どういうテンションでいるのか、オレにはわからなかった。黙ってるのがいいのか、それともぺちゃくちゃしゃべってるのがいいのか……付き添いってのは荷物を持ってやったり、緊張をほぐしてやったり、そういうことのためについていくものだけど、オレがついていくと朝月は余計にピリピリするんじゃないかって気がする。

　何か言わなきゃと思うけど、難しいな。ちらっと見やると、朝月は黙っている。静かに、ブルーのトラックを見つめている。集中しているのかな。なら、それは壊さない方がいい。オレはただ、荷物持ちに徹することにする。

　予選は六組だ。基本は一組八人。雨夜が二組目、朝月が四組目。各レースの上位三名＋四位以下のタイムレース上位六名、合計二十四人が準決勝へ進める。準決勝は三組で、各組上位二名＋三位以下のタイムレースの上位二名、合計八名が決勝へ進める。決勝は上位六人が関東大会への出場権を得る。このあたりまで来ると、トップは10秒台の世界だ。

　雨夜も朝月も、持ちタイムは11秒前半なので予選は抜けられる可能性がある。ただ、その先は11秒の前半でも、さらに高い次元の勝負になる。11・20くらいがラインか。雨夜には可能性があると思っている。朝月は……予選は余裕なんじゃないか？

　最初に雨夜のレースが始まった。

ピストルの音と、ほぼ同時に飛び出した。

綺麗なスタート。前傾姿勢から足を前へ前へと引っ張り、じっくりスピードを上げていく。スタートの段階ではやや出遅れたように見えたが、すぐにピッチが上がってきて、トップに乗る頃にぐんと伸びた。いい加速だ。脚の切り返しが速い。まだピッチが落ちない……と思っている間にゴールラインを越えてしまう。相変わらずすげえ高速ピッチ。

綺麗な走りだったな。事前に言っていた通り、ブルー・タータンとの相性はいいようだ。二着だったが、一着との差はほとんどなかった気がする。風もよかったか、ベストを更新し、11・15が出たのでオレもオオッとなった。トップのやつは11・09か……速ェな。

「見えてきましたかね、10秒台」

隣で見ていた受川が神妙な顔でつぶやいたので、オレは肩をすくめた。

「まあ、あいつは10秒で走れるだろ」

そうコメントすると、ますます難しそうな顔になるので笑っちまった。100で雨夜に勝てないのはわかってるくせに、それを認めたくない、というツラ。

「空斗さん、10秒ランナーだってな」

「今、兄貴の話関係あります？」

「ムキになんなって」

肘で小突いたら嫌な顔をされる。まあいいさ。おまえは100を10秒で走れなくても、200なら21秒で走れるかもしれないぜと思うが、言わないでおく。

朝月のレースが始まる。

今日はかたいな、と見ていてわかった。あんまり緊張するタイプには見えないが。スタブロをセットする段から、どことなく肩が強張っている。力抜けーと思うが、トラックに出てしまったら選手は一人だ。自分でなんとかするしかない。自分で調整するしかない。

号砲。

やっぱり何か声をかけてやるべきだったろうか。頑張れ、と一言だけでも。

朝月が駆けていく。そういえばあいつが走っているときの顔、ちゃんと見たのは初めてかもしれない。すごい形相だった。鬼にでも追われてんのか。いつもそうなのか、今日が特別なのかはわからなかった。ただ、それだけ顔に力が入ってるんで、体もぎこちなかった。無駄な力が入っている。加速がスムーズじゃなかった。腕は大きく振れていたが、後半ピッチがだいぶ落ちた。四位でゴール。

この時点で、朝月はタイムレースに準決勝進出の希望を託すこととなり——最終的に、タイムレースでも準決勝には残れなかった。タイムは11・40。ベストを考えると、かなり悪い。支部大会のときよりも落ちている。どこか調子でも悪いんだろうか。それともやはり、気持ち的な問題か……。

なんにせよ後悔の残るレースになったことだろう。難しい顔のまま戻ってきた朝月に、オレは何か言おうとしたけれど、やはり言葉は上手く見つけられなかった。

十五時十分。男子４×１００メートルリレーの招集時刻。

ぎりぎりで酒井や一年が応援に駆けつけてくれた。

「頑張ってくださいね！」

新山に言われて、オレはうなずいた。

「支部の４００みたいなレースは、しないように頑張るよ」

アレはなんというか、オレの中でもガチで最低なレースだ。今日のヨンケイは、絶対にそんな走りにはしない。

「星哉も雨夜も調子ばっちりィ？　都会人には負けんじゃねーぞ」

「なに張り合ってんだよ……同じ東京だっつーの」

「そうだよ。いつも酒井さんが言ってるじゃん」

酒井は同期二人に絡みに行って、両方に鬱陶《うっとう》しがられている。でもさっきまでやや強張っていた二人の顔が、少しほぐれたようだ。引っ込み思案な檜山ちゃんがもじもじしながらお守りを配ってくれて、ありがたく受け取る。手作りだって酒井がバラして、ちょっと盛り上がる。まじかよ。すげえな。大島らしく、椿の形をした可愛らしいお守りだ。

リレーって、なんだかんだでチーム感出るな。不思議な競技だ。別にチーム全員で一緒に走るわけでもないのに、走るのは四人だけなのに、一体感が出る。陸上では珍しいチーム競技だからかな、やっぱり。勝利で応えたいと思うよ、マジに。

受川、雨夜のモチベーションは高く、一、二走の心配はなさそうだ。オレもそんなに気負いはない。問題は……

「朝月先輩、これお守りです」

檜山が朝月にもお守りを差し出していたが、朝月はぼんやりとして気づいていない。オレはとんとん、とその肩を叩く。

「檜山ちゃんが話しかけてるぞ。お守りだって」

「え、ああ……ごめん。ありがとう」

朝月は慌てた様子でお礼を言っていたが、自分が何をもらったのかもよくわかってなさそうだった。

100メートルのレースが終わって以降、朝月の表情は終始強張っている。やはり100の結果を引きずっているのか。この春、オレと朝月は高校三年生になった。三年にとって、インターハイは最後だ。人生で、最後だ。そしてオレも朝月も、すでに専門種目の挑戦は終わっている。

この先の人生で、もう二度とインターハイで100を走ることも、400を走ることもないのだ。

この痛みは、このチームでオレと朝月にしかわからないものだ。だから声をかけるべきだとしたら（400の予選をほとんどボイコットしちまったようなやつの言葉が届くかはともかく）オレだった。それはわかってる。でもなんて言えばいい？二年だったら「来年があるよ」と言えた。「大学があるよ」とでも言えばいいのか？オレは朝月の進路を知らない。大島の人間は、高校卒業後は結構就職するらしいし、うかつに進学前提で慰めなんか口にできない。「いいレースだったよ」か？　これ、言うのは楽だけど言われた側はあんまり嬉しくないんだよな、正直。いいレースってなんだよ。具体的に言えよ、みたいな。他に言うことがないときに、しょうがなく口にする言葉、みたいな。まあ、こんなシチュエーションじゃなきゃ、オレもわりと使っちゃうけど。

結局思いつかないまま、時間になった。

それぞれの持ち場へ散っていく。

ここからはもう、集中するしかない。

うだうだ考えたって、バトンパスは上手くいかねえんだ。

やるしかないんだ。

バトンもらって、走って、バトンを渡す。それだけをきちんとやる。それだけを全力でやる。

少し屈み込んで、熱いブルー・タータンに触れる。力をくれよ。ちゃんと走るから。小さく祈りを込める。

ふと、誰かが自分の名前を呼んだ気がした。

酒井かな？　あの子、声高いから。

スタンドの方を見て、自分のチームがいるあたりに手を振っておく……うわ、あれ秀川の応援団だ。相変わらず目立つな、あの白と藤色のジャージ。っていうかめっちゃ盛り上がってんな。もしかして同じレースか？

そこであたりを見回し、今さらのように気づいたが、3レーンが秀川だった。白と藤色のユニフォーム。オレらは7レーンなんで、全然見えてなかった。まじか。知らないやつ……二年かな？　短距離ブロックは人数多過ぎて全員は覚えてない。そうか、今日は普通に出くわす可能性あったな。なんで気づかなかったんだろ。

さっき呼んでくれたの、もしかして海野だったかな、とちらりと思う。

手紙、もう届いたのかな。

関東、観に来てくれって書いちまったな。

これで行けなかったら、マジでカッコワリィな。

行かないとな。絶対。

よし。いく。

「オン・ユア・マーク」

受川。頼むぞ。

「セット」

ピストルが鳴った。

先頭は……3レーン。秀川だ。さすがに速い。でかいストライドでガンガン飛ばしてくる。独特のフォーム……あれはもしかしたら知ってるやつかもしれない。受川も外側から必死に追っている。大丈夫。あいつも速い。スタートでついた差はほぼ縮まらなかったが、大きく開くこともなく、そのまま二走のテイク・オーバー・ゾーンに突っ込んでいく。

雨夜はすでにスタートしている。受川が徐々に減速していき、雨夜が加速していく、その一瞬の交差。バトンがすっと渡り、雨夜がバックストレートを駆ける。よし、いいバトン……うわ、秀川の二走速ェ。思わずそっちに目が行ってしまうが、すぐに雨夜に目を戻す。雨夜を見ろ。雨夜を見ろ。今日の調子はどうだ。体力はどうだ。今の走りは、今の様子は——うん。

問題ない。

全力でいける。

雨夜がマーカーを越える瞬間、ぐんっ、と体を傾けるようにスタートする。

一歩、二歩、三歩と低空滑走、ややスピードに乗り始めてもバトンがこない。

目の前にはテイク・オーバー・ゾーンの出口。

このままだと出る。失格だ。

それでもオレは、振り向かない。

足音はきちんと聞こえている。

大丈夫。間に合う。おまえの方が、速いはずだ。

「ハイッ」

いいタイミング。

オレは手を上げる。磁石で吸い寄せたみたいに、バトンがすっと手にハマった。

「いけーっ」

雨夜の声がした。普段は声なんかあげない。でもその声が、追い風を吹かせる。

ああ。いくよ。

オレは走る。

ただひたすらに走る。

追い風はやまない。

勢いに乗ってぐいぐいとカーブを曲がっていく。

順位なんかどうでもいい。とにかく速く。

自分のレーンだけが見えた。その先にいる、朝月が見えた。

オレを見ているか？　オレを見ろ。オレを見ろ。オレの走りは、もう以前とは違うぞ。わかってるだろ。おまえの全力に、追いつける。

だから出ろ。いけ。今っ！

オレが望んだタイミングよりは、やや遅かった。それでも、オレの心の叫びが聞こえたはずもないけれど、朝月は何かに急かされるように、すっと出た。

加速が悪い。まだ、思い切れていない。

最後の年で、最後のレースでミスりたくない。そんな気持ちが、背中に滲んでいるような。

「いけ！」

今度は、声に出して喚いた。

朝月がびくっとしたように加速した。

「ハイッ」

合図。

朝月の手が上がる。オレが手を上げる。バトンを、渡す。

朝月がバトンを受け取り、ホームストレートを駆けていく。

自分でも何が何だか、その背中に向かって無茶苦茶に叫んだ。自分の区間は終わったのに、追いかけるように走っていた。

「走れ走れ走れ！」

秀川がややリードしていた。うちは二位だ。朝月は、よく走っている。１００の走りよりずっといい。そうだ。おまえはもっと、走れるはずだよ。

差が縮まりそうで縮まらない。残り３０、２０、１０……ゴール！

朝月がゴールラインを走り抜けたのを見届けて、オレもようやく立ち止まった。風が吹いている。今は向かい風だけど、それが汗に濡れた額に涼しくて、心地いい。

また自分の名前を呼ぶ声がする。今度は確かに酒井だ。スタンドに向かって手を振り上げながら、オレは自分が笑っていることに、ふっと気がついた。

最終的に知ったタイムは41・99秒。四十八チーム中六番目のタイムで、オレたちは決勝にコマを進めた。支部予選から1・5秒近く縮めたことになる。もちろんベスト更新だけど、まだいけると感じた。今日の1・5秒を縮めたのは、一、二、三走間のバトンパスの変化が大きい。明らかに支部のときよりも、ロスが減っているはずだ。三、四走間もいつもよりしっかり加速できていた。でも朝月とオレのバトンは、まだ、もっと、引っ張れる。

その夜、ホテルに戻ってからも、オレはずっとバトンをイメージしていた。三、四走間のバトンだ。オレたちはこの半年ほど、ずっとバトンをやってきた。技術的には身についている。今日くらいのスピードでも渡せる。だけどこれが限界かと問われれば、それは違う。

決勝は明日だ。今さらあがくことはできない。あとは気持ちの問題だ。

オレの気持ちの問題。そして、あいつの……。

部屋にいても落ち着かなくて、廊下をうろうろしたあげくホテルの外まで出たら、ふと聞き覚えのある声がした。

「サトセン……？」

確かにサトセンだ。誰かとしゃべっている。が、相手の声は聞こえない。よく見るとサトセンの耳元がうっすら光っているので、電話のようだ。

「そうだな……うん。いや、ありがとう。明日もいいレースができるといいな。……うん。ああ、お互いに」

珍しいな、と思って凝視《ぎょうし》していたら、電話を切って振り向いたサトセンと目が合ってしまった。おや、という顔をしてサトセンがオレを認める。

「どうしました、こんな時間に」

「あー……いや、ちょっと歩いてただけなんですけど、先生が電話してたから」

敬語じゃない先生は珍しいなと思って、と付け加えると、サトセンがこれまた珍しく決まり悪そうな顔になる。

「友人です。脊尾くんには前に言いましたっけね、秀川高校に知り合いがいるって。陸上部の顧問ではないんですが、昔陸上部で一緒にリレーを走ったチームメイトが勤めているんです。今日のリレー、観てくれていたそうですよ」

そういえば去年、そんな話もしたっけな。

「そっすか……」

思えばサトセンのことを、オレはよく知らない。陸上経験があることは聞いていたし、日々指導を見ていれば知識があることはわかる。だけどこの人が陸上に懸ける思い、リレーに抱く願い、陸上部顧問である理由、そういうこと、いちいち知ろうとも思わなかった。自ら話すタイプもいるけど、サトセンはそうじゃない。

「先生は、リレーになんか思い入れあるんですか？」

「そうですね」

サトセンは逡巡したように見えたが、存外あっけらかんとこう言った。

「まあ、僕は見ての通り人付き合いが大変に下手くそでして」

思わず笑っちまう。人付き合いが大変に下手くそ、ね。まあ、そんな雰囲気はあるな。

「ただ、こう見えて足だけはそこそこ速かったので、陸上部に入りました。でも一人で黙々と走るだけだったので、ろくに友人もできませんでしたね」

「先生、その頃から敬語なの？」

「いえ、これは教師になってからの習慣です。生徒に対しては敬意をもって接すべしというのがモットーでして。結果的に学校じゃ常に敬語でしゃべることになってしまいましたね」

真顔で言ってるので、どうやら本気らしい。

「リレーのチームに組み込まれて、最初は嫌々でしたよ」

サトセンはしゃべり続ける。こんなに話し続けるサトセンというのも、レアだな。

「でもなんていうんですかね。ろくにしゃべらなかったのに、嫌ってくらいバトンを重ねるほどに、相手のことがわかってくる。というか、知らざるを得ない。いいバトンをしようと思ったら、相手のことを知るしかなかった」

「それでいつしか友人に？」

サトセンはうなずいた。

「美談ですね」

「覚えておくといいです。大人が子どもに語る青春なんてのは、大概美談です」

しれっとひどいことを言う。

「君たちのバトンも、なかなかよくなってきましたね。決勝ではさらなる進化を期待してますよ」

オレは肩をすくめた。

「決勝は明日ですよ、今さらできることなんかないですよ」

「おや、そうでしょうか？」

意味深な言葉を残し「おやすみなさい」とサトセンは戻っていった。いや、ほんと、今さらだけど、やっぱり変な人だなと思う。

部屋に戻る途中、ラウンジのソファーのところに朝月がいて足を止めた。

何かを凝視している。なんだ……ああ、ビデオか。

酒井が撮ってくれていたやつだ。スタンドからなんで、遠いしよく見えないだろ
そんなの……でも朝月は険しい顔でそれをじっと見つめている。

100を見ているのだろうと思った。リレーは走りはともかく結果は出たし、生真面目な朝月が反省したいと思うのは、走りがよくなかった100の方だろう。もう高校で100を走ることがないとしても……。明日に向けて、気持ちを切り替えるのは大事だ。邪魔はすまい。

そのままこっそり後ろを通り過ぎようとしたとき、ビデオから「いけ!」と自分の声がしてびくっとした。続けて「走れ走れ走れ!」。これは……リレーのときのオレの叫び声か?

その後も、何度も同じ声がした。朝月は繰り返し見ているのだ。今日の三、四走間のバトンパス。朝月も明日のリレーに向けて、バトンパスを気にかけている……。

オレはしばらくその場に立ち尽くしていた。

やがてため息をついて、頭を振る。

ゆっくりと、強張った肩が覗いているソファーに向かって、歩いていく。

＊

オレは地面を蹴り飛び出した。

一歩目。後ろ足から頭の先まで、蹴った力が一直線に伝わるイメージ。

低い姿勢を保ったまま、足を地面スレスレに前へ前へと出していく。

「ハイッ」

腕を上げると、ちょうどオレが腕を前へ持っていきたいタイミングでバトンが押し付けられる。そのまま引っ張り、後は自然に腕を振って走る、走る、走る——。

カーブの内側。しっかりと切り込むように。

スピードを上げ、上体を起こし、トップスピードになったらもう力は入れない。

余計なことはしない。

ただ、足を正しい場所へ置くことだけを意識する。

トン、トン、トン、トン。リズムよく。

朝月の背中はあまり意識しなかった。

気がつくと目の前に、当たり前のように彼の左手があった。

朝月はぐんぐん走っていく。

もっとだ。もっと走れ。

その背中を押すように、追い風になるように、オレは力強くバトンを押し込む。

バトンを受け取った朝月がカーブを抜け、直線に入り、ホームストレートを疾走していく。

四走、朝月渡

歓声が聞こえて、俺はゆっくりコースを見渡した。

一走には受川。スタブロの位置を神経質に調整しつつ、手を上げて二走に合図を送っている。

二走には雨夜。受川に応えるように手を振り、三走に向かって一礼。

三走には脊尾。雨夜にうなずいてみせ、ゆっくりとこっちを向く。

四走の俺は小さくこぶしを振り上げる。スタンドの一角で、わずかに歓声が大きくなったのがわかった。

青いタータンからの照り返しがまぶしい。今日は夏日で、上からも下からも、蒼天が容赦なく照りつけてくる。8レーンだ。一番外側のレーン。俺たちのレーン。これから400メートル、バトンを運ぶ道。夏の日差しが輝かせるその道を、一周走ってきたとき、俺たちはどんな景色を見るのだろう。

ふーっと深く息を吐く。熱気に満ちた空気をゆっくり吸って、よしとうなずく。気負いはない。ただ、ベストな走りをする、ベストなリレーをする。それだけだ。

「オン・ユア・マーク」

受川がスタブロに足を置き、屈み込んだ。

「セット」

世界は静寂の檻に包まれる。

息を詰める。

汗の転がり落ちる音すら、聞こえそうな気がする。

そのときすぅっと、8レーンにだけ風が吹いた気がした。

俺はスタート前にもかかわらず、ぼんやり顔を上げた。

夏空に鳥が浮かんでいる。気持ちよさそうに、風に煽られている。

なんだか時間が止まっているみたいだと思う。不思議な〝間〟。一時間くらいこうしているような気もするし、まだほんの一瞬しか経っていないような気もする。

トラックに目を戻すと受川が走っていた。いつピストルが鳴ったのだろう。チーム一の長身、広いストライドで地面を蹴り、順調にスピードに乗っていく。自信に満ちた走りだ。腕が大きく振れている。フォームも悪くない。俊足でコーナーを抜け、三位か四位でバックストレートへ突っ込んでいく。そのあたりでふと我に返った。ミュートが解除されたみたいに、歓声がわっと耳に飛び込んでくる。よし、いけっ、受川！

バトンパスはいろんなチームが重なり合って見えづらかったが、凝視しているうちにバックストレートで雨夜が抜け出した。軽快なピッチで駆けている。元々加速走のタイムはいいが、バトンがハマるとさらに速い。ぐんぐんスピードに乗り、そのスピードが落ちないまま、トップとの差を手繰り寄せるみたいに縮めていく。

二走から三走へのバトン。ここはいつもゾーンめいっぱい使うんでヒヤヒヤするが、今日はとりわけぎりぎりだ。しかし脊尾はそんなスリリングなバトンパスを軽やかにこなし、快調なストライドでカーブを駆け抜ける。

いいぞ、脊尾っ。そのままこいっ！

心の中で叫びながら、俺は身震いしていた。

ここまで綺麗に繋がったバトンを、ぶち壊しにしないだろうかという不安。同時に、こんな大舞台でこいつらすごいなという興奮。たぶん、後者の方がでかい。

脊尾とマーカーの距離がみるみる縮んでいく。

俺は汗の滲んだ手のひらを何度もユニフォームにこすりつける。

マーカーを越えた瞬間、前走者を信じて全力で出る。スパッと鋭く、コンマ1秒を見極めるような出足。それが理想だってことはわかってる。でも、三年の俺にとって、すべての大会はラストチャンスだ。もしバトンを落としたら、バトンが流れたら……バトン一つですべてを失うくらいなら、詰まってでも確実にもらう方がマシだと思っていた。

どんなに最高のチームでも、その可能性をゼロパーセントにすることはできない。人間である以上、絶対はない。それはわかってるし、俺の頭から消えることもない。

だけど、今日だけは断言したい。

ゼロパーセントだ。絶対に、落とさない。

脊尾が、マーカーを越えた。

＊

あのリレーを見たのは、何歳のときだっただろう。

五つ近く歳が離れていて、当時メンバーの誰かと面識があったわけでもない。ただ、中学で陸上部に所属していた俺にとって、同じ島の高校生が東京のどでかいトラックでインターハイを懸けてリレーを走る——その話だけでも、相当な衝撃だった。

当時中学生だった俺が、その試合を直接観に行くことはなかった。島を一人で出られるほど大人ではなかった。そのレースを、俺は録画で観た。渚台高校陸上部に兄がいる生徒が同じクラスで、その兄が撮ってきたというビデオを見せてくれたのだ。

中学生からしたら、41秒台のリレーチームなんてのは化け物だ。一応日本記録としては残ってるけど、本当に中学生だったのかよ、って思うくらいすごいタイムだ。高校生の日本記録は40秒切るっていうけど、41秒でも十分速い。40秒台なら怪物だ。

渚台高校陸上部は、41秒前半をたたき出すチームだった。そのレースで、最高記録の更新こそならなかったが、その驚異的なスピードを目の当たりにして俺は――震えた。

すげえ。

高校生のリレーってこんなにすごいのか。

しかもこのチームが、同じ大島の高校なのか。

中学じゃ人数が揃わなくて、リレーを走ったことはなかった。せいぜい運動会のリレーくらいだ。でも、あんなのお遊びだ。本物のリレーはもっと繊細で、精密で、何もかもがとにかくあっという間に終わる。

あんなふうに、走りたい。

あの舞台で、俺もリレーを走ってみたい。


いくら大島が伊豆諸島最大人口を誇るとはいえ、中学・高校ともに陸上部の人数は少ない。結局、中学でも高校でもメンバーが揃う幸運に恵まれなかった。高校二年のオフシーズンに入り、もう高校でリレーを走ることはないだろうと諦めていた。

けれど二年の冬、突然サトセンが一人の新入部員を連れてきたかと思うと、俺の遠い日の憧れを呼び覚ましたのだ。

「リレーをやってみませんか」

＊

「二週間、部活に出るのを禁じる」

そう告げた瞬間、受川の顔が奇妙にゆがんだ。

「なんでですか」

「なんで、ってな……」

俺はため息をつく。受川には、こういうところがあった。

雨夜に言った言葉。自分勝手な練習放棄。それが悪いことだっていうのはさすがに自覚してるだろう。ただ、その罰として部活に出させてもらえないのは納得がいかない。そんな顔だった。

今年、俺は三年になる。夏には引退だ。そうなると、新二年のどちらかに部長を引き継がなければならない。俺は雨夜ではなく受川に、と思っていた。雨夜は人の上に立つタイプじゃない。この一年見てきた限り、若干ムラや頑固さはあるものの、受川の方がまだ安心だ。だが今回の一件は、俺のその考えを揺るがせるものだった。

今が二月初旬。インターハイ支部予選までは三ヶ月弱。最悪、そこですべて敗退すれば俺は引退となり、その時点で部長を引き継ぐことになる。そのことも加味すると、受川にはきちんと反省してもらわなければならない。だからこうして教室まで出張ってきたわけで。

「それこそ頭冷やせってことだよ。今のまま戻っても、またぶつかるだけだろう」

「リレー練習に出なければ、関係ありません」

「リレーには出てもらうぞ。それは絶対だ」

俺は頭を振りつつ、小脇に抱えていた本を手に取った。

それはリレーについて書かれている。高校一年の夏、密かに部室の〝断捨離ロッカー〟にしまったものだ。もうリレーを走ることはないだろう、と思って。もちろん私物だが「サトセンのだから」と言って押し付けた。

「しばらく家でそれ読んで、どうしたらいいか考えろ」

受川は受け取りはしたが、不満げな表情を隠そうとはしなかった。乱暴に本を机に突っ込み、「わかりました」とぶすっと言う。そういうところがどうにも、強情というか、我が強過ぎるというか……リレーでは、普段以上に強く出ているきらいがある。

「おまえな、そういうのよくないぞ。確かにうちの部は人数少ないし、今までチームってあんまり意識する機会なかったかもしれないけどな。同じ部でやってんだから。個人競技だから勝手にやります、ってわけにはいかないだろ。部である意味を考えろ」

「考えてます」

受川は突っぱねるようにそう言った。全然、考えてなさそうな顔だった。

そういう彼を見ていると、どうしてもあの人と比べてしまう。俺にとっては、憧れの先輩だ。渚台高校陸上部の黄金時代を築いた、伝説のヨンケイチームの二走。受川空斗は、受川星哉の兄だ。

俺にとって、高校陸上最後の年でようやくめぐってきたリレーのチャンス。空斗さんと同じ舞台に立ちたい。そのためには、かつての空斗さんたちにも劣らないレベルのチームが必要だ。そう考えたとき、受川は強い不安要素の一つで……そんな気持ちが、ため息と一緒に口からこぼれた。

「お兄さんはそんなじゃなかったぞ」

空斗さんの代のチームは、走力もバトンもさることながら、チームの信頼関係が厚かった。今のチームは、その理想からほど遠い。一走も、二走も、三走も。

受川は目を見張って、俺を睨むように見ていた。何か言いたそうだったが、ちょうど予鈴が鳴り、結局苦虫をかみつぶしたような顔をして、言葉を呑み込んだ。

その日、家に帰ると珍しく居間から口論が聞こえた。両親が言い争うことはたまにあるが、聞こえてきたのは翔《しょう》の声だった。

今年で中学三年になる翔は、三つ歳の離れた弟だ。昔はよく遊んでいたが、思春期に入り兄弟で仲良くするのも気恥ずかしい歳になったのか、最近はあまりしゃべっていない。

そんな翔が大きな声を出している。何事かと思って俺は聞き耳を立てた。

「俺は大島の酪農《らくのう》をちゃんと将来に残したいんだ」

いきなり「酪農」というフレーズが出てきて混乱する。いったい、何で揉めているんだ？

「こんな島の将来より、自分自身の将来を考えなさい」

父の声。厳しい口調だ。

「酪農なんてただでさえリスク高いんだし、この島だっていつ噴火するかもわからないのよ」

これは母の声。

断片的に会話を聞きかじっていると、どうやら翔が進路のことで両親に相談したようだ。

渚台高校には普通科の他に、農業や畜産に関する専門教育を主とする学科が存在する。どうやら翔は、そこに進みたいらしい。そして将来的には、大島で酪農をやりたがっている。確かに大島では農業も酪農も行われているが、その後継者問題は深刻なものだと聞いたことがある。まあ、これは大島に限ったことでもないのだろうが……。

両親は、先に述べたような理由で反対している。家が酪農家ならともかく、わざわざ酪農の道へ踏み入る必要はないだろう、という意見だ。もっともだと思う。翔は成績もいいし、両親が俺たちに、島で就職することより大学へ進学することを望んでいるのは、俺も知っていた。

そもそも翔はいつ、どうして、酪農に興味を持ったのだろう。俺は全然知らない。小さい頃から動物が好きだったのは確かだ。牧場とか動物園とか行くと、一人でずーっと見ていた。でもそれと酪農は、結びつくようで結びつかない。

そのままじっと立ち尽くしていると、話は終わったのか翔が飛び出すように居間から出てきて、俺に気づきぎくりとした。

「……聞いてたのかよ」

露骨に嫌そうな顔だ。まあ、盗み聞きされたい話ではなかっただろうなとは思うが。

「俺も反対だな」

そうコメントすると、翔はじとっと俺を睨んだが何も言わず、そのまま乱暴に階段をのぼっていった。

四走は、アンカーとも呼ばれる。リレーにおいて最後の区間を走る選手であり、唯一バトンを渡すことがないポジションだ。レース終盤、大なり小なり差がついた状態でバトンを受け取ることになる四走に求められるのは精神的なタフさはもちろん、競り合いでの強さ……もちろん走力も重要で、それ故二走と同じく、エースが置かれることが多い区間でもある。そこで勝つためには、バトンパスにおけるスムーズな加速が必要不可欠――なのだが……

「ハイ」

どこか気の抜けた合図が真後ろからする。俺は手を上げ、ほとんど止まったようなスピードでバトンをもらう。まるで運動会だ。20メートルくらい走って、すぐに立ち止まり、脊尾に声をかける。

「おい、もっと最後まで全力で走れよ」

「あー、悪い悪い。次気をつける」

脊尾は気だるげで、ちっとも悪いと思ってなさそうな顔を隠そうともしない。リレーの練習が始まってからというもの、こいつは終始こんな調子で、ここのところ俺の中にはもやもやとした苛立ちが不穏に立ち込めている。なんで入部してきたんだ、ってくらい陸上に対して熱がない。練習中は時間がもったいないから、そんなことといちいち説教したくもない。かといって教室でそういう話題を振ろうとすると、脊尾はするりとかわしてしまう。

年始にサトセンが連れてきた脊尾照とは、部活が初対面ではなかった。彼は本州からの転校生で、俺と同じクラスに入ってきたので名前と顔は知っていた。都会育ちだからなのかはわからないが、やや派手な髪と気だるげな雰囲気はそれまでのクラスメイトにいなかったタイプで、端整な顔立ちもあって女子からはしきりに声をかけられていたっけ。

日に焼けていたので、何かスポーツをやっていたのだろうとは思っていた。でもサッカーとか、野球かと思っていた（実際、野球を観るのは好きらしい）。それが陸上……しかも400とは。意外だ。でも練習姿を見ていると、確かに綺麗なフォームで走る。基礎的な練習を、山と積み上げてきたであろう、基本に忠実な動き。聞いたところでは、秀川高校という超強豪にいたらしい。そんな彼が、どうしてこんな辺鄙な島の小さな陸上部へ入ってきたのか……そして、なんであんなに走ることに対して冷めているのか。

脊尾の走りがぬるいせいで、俺は全力で出られない。全力で出たらバトンが流れるのは目に見えている。おかげでチンタラ走ってくる脊尾から、チンタラもらって、そこから全力で加速するという……せっかく十まで加速したのに、一度ゼロに戻して、また十まで加速するようなものだ。バトンパスの理想は、前走者が十のスピードのまま、十のスピードで走る次走者にバトンを渡すことだ。脊尾だって、わかってるだろうに。

走りは綺麗だ。フォームはほぼ完成されている。

だけど彼の走りには熱がない。

レーシングカーに原付のエンジンを積んでるみたいな違和感。

本来もっと走れるはずだ。そう感じるだけの力量は確かにあるのに、ガソリンの上澄みだけを使ってすかすかと走っている。そんな感じ。

受川は出禁、雨夜は傷心、脊尾はガス欠……ばらばらのリレーチームは、かつて俺が見た空斗さんのチームのリレーからはほど遠い。せっかく四人揃ってるんだ、チャンスの持ち腐れにはしたくない。だけど現状は……一本一本必死に走って、バトンの研究をして、四六時中リレーのこと考えてる俺が、正直馬鹿みたいだと思う。


二月中旬。その日、俺は部室で脊尾が来るのを待っていた。昼休みにバトンのことで声をかけたら、またするりとかわされてしまったので、だったら練習前に話そうと食い下がっておいたのだ。

いつもならだいたい俺か受川が最初に部室に来るが、受川が出禁の今は俺が一番早い。三時半過ぎからの放課後練習は、準備は基本的に早く来たやつが率先してやる。酒井は女子更衣室を使うので、部室にいると彼女がいつ来たのかはわからない。でも酒井も普段、グラウンドに来るのは早い方だ。雨夜と脊尾が、いつも遅い。

とはいえ、その日はどちらもいつになく遅かった。

三時半を過ぎてしまい、仕方なく一度グラウンドに出る。どんより曇った空の下、酒井が一人で準備をしていて、慌てて手伝う。

「今日、珍しく遅いですね」

「悪い。話したいことがあって脊尾を待ってたんだが」

「あー、脊尾先輩はいつもゆっくりですからねー」

遅刻はしないし、別に意図的にチンタラ来ているわけではないと思っている。むしろ、俺や受川みたいに積極的に早く来ようとしないと、ぎりぎりになってしまうところもある。

しかし、トレーニングに使う用具を出したり、リレー用のラインを引いたりしているうちに四十分になってしまった。練習開始時間だ。雨夜も脊尾もまだ来ていない。先にサトセンがやってきて「おや、二人ですか？」と不思議そうな顔をし、俺は酒井と顔を見合わせる。

「私、部室見てきます」

と彼女が言いかけたのを、俺は手を上げて遮った。

「いいよ。俺が行く」

部室はグラウンドからは少し離れたところにある。どっちかが現在進行形で着替えていないとも限らないし、後輩をパシらせるのも気が引け、俺は軽く舌打ちしながら小走りに部室へ向かった。

掃除でも長引いたんだろうか、だったら遅れる連絡くらい寄越せと思いつつグラウンドを回り込んでいくと、お、脊尾……正面から足早に歩いてくる。一人だ。雨夜の姿はない。俺に気がつくと、なんとも形容しがたい表情になり一瞬立ち止まった。

　ぽつりと、冷たい水滴が一粒、頬を打った気がする。

　雨夜が部室にいなかったかと訊ねると、脊尾はいたとだけ答えてそのままグラウンドの方へ行こうとするので、俺はとっさにその腕をつかんだ。

「待てよ、脊尾」

「なんだよ」

　なんだよ、じゃねえ。

「早めに来いって言っただろ。バトンのこと話すからって」

　それが来ないどころか、部活にも遅刻しやがって。

「バトンバトンってうるせえな。そんな必死にやってなんになるんだよ」

　俺は一瞬たじろいだ。脊尾が苛立ちをあらわにして俺を睨んでいた。こいつの目に、こんなにも感情らしきものが宿っているのを、初めて見たかもしれない。けど、なんでだ？　日々苛立ってるのはこっちだ。ましてやおまえには、まず言うことがあるだろう。なに、普通に行こうとしてんだ。思わぬ刺々しい言葉に、俺の感情もささくれ立っていく。

「古巣で何があったか知らないが、こっちにまで持ち込むなよ」

　俺は顔をしかめながら言った。

「400は勝手にすればいいさ。けど、リレーを中途半端に走るな。本気でやってる人間に迷惑だ」

脊尾は、束の間怒りを爆発させそうに見えた。が、その温度がすっと、急激に下がるのがわかった。その顔から強張りが消え、代わりに練習中によく見かける力のない笑みが浮かぶ。

「そんなに熱くなんなよ。たかがリレーだろ」

俺まで力が抜けそうになった。なに、言ってんだおまえ。たかがってなんだよ。

「んだと」

思わず胸倉をつかんでも、濁った瞳は静かに俺を見返している。

「落ち着けって。カッカしたってバトンがよくなるわけじゃねえんだからサ」

いきり立つ俺をかわすように手を振りほどき、脊尾は歩いていってしまった。

呼び止めようと思うが、何を言っても暖簾《のれん》に腕押しというか、いったいどんな言葉ならあいつを……考えているうちにその背中はグラウンドの方へ曲がり、すっと見えなくなってしまう。二粒、三粒と水滴が地面に落ち、みるみるうちに雨になる。

＊

裏で、空斗さんが受川に何か言ってくれたのは知っていた。

受川の復帰後、三月初旬あたりから一、二走は少し雰囲気が変わり始めている。

相変わらずぶっきらぼうで愛想のない受川だが、雨夜とコミュニケーションをとるようになった。最近リレー練習のときは、バトンのたびに何か話している。一、二走はチーム内でもとりわけ身長差が大きく、渡しづらい区間だと思っていたが、上手く二人なりの方法を見つけたらしい。

一、二走の好調に反比例するように、三、四走のバトンは最悪だった。元々バトンは最悪だったが、それを改善するためのきっかけすらつかめなくなっている。だって、俺にとっての「憧れのリレー」は、あいつにとって「たかがリレー」なのだ。脊尾の走りは、相変わらず熱が薄い。かといって頭ごなしにちゃんと走れなんて言っても、きっとあいつには響かない……俺にどうしろって言うんだ。

四月末。大井ふ頭中央海浜公園陸上競技場。支部大会一日目。

東京には前日入りしているが、昨日から口なんか一言もきいていなかった。これ、どうするんだ。バトン、渡るのか？　今日走るんだぞ。なのに、足長の相談すらしていない。

「朝月先輩」

ぼんやりしていた俺は、我に返った。自分の100メートル走予選、付き添いについてきてくれた新山がこっちを見ている。

「次ですね。頑張ってください」

「ああ……」

上の空で返事をし、俺は自分のレーンへ向かった。

１００メートル走。赤い直線。ああ。今年も来たな、と思う。去年も支部大会はこの会場だった。空の青さと、赤いレーンの対比。一年のときはそもそも試合に出られなかった。実力以前に、選手登録が間に合わなくて。二年のとき、初めてこの大会を走り、１００で都大会まで行った。あのときのベストタイムが、11・20。

今の俺のベストは、11・00だ。

大丈夫。いける。今年は関東大会まで行ける。

リレーと違って、バトンとかチームワークをごちゃごちゃ気にしなくていい分、気楽に走れた。スタートからイメージ通りの加速、風もいい。トップスピードに乗ってからはすっすっすと足が動いた。最後は軽く流して、トップでゴール。

タイムは11・18。流したし、こんなものか。

めいっぱい走って11・20だった去年の記録を、流しても超えられたことは素直に嬉しかった。この調子なら、決勝も問題ないだろう。

脊尾の４００のレースはスタンドから見ていた。傍目にも、足に力が入っていなくてのろい走りだった。ある程度の脱力はもちろん大事だが、脊尾の場合は力が入るべきところにも入っていない。とにかくエネルギーがない。推進力がない。

スプリントってやつは、足で地面を押せば、押した分だけエネルギーが返ってくる。そのエネルギーを使って前に進む。そもそもの推進力が弱ければ、当然前に進む速度も遅くなる。脊尾の走りは、きちんと地面を押せていない。反発をもらえていないから、前に進まない。

54・59というタイムを聞いたとき、４００が専門外の俺でも、これは無理だなとわかった。決勝には進めない。

そらみろ、という気持ちが半分。おいおい大丈夫か、という気持ちが半分。

これから一緒にリレーを走る相手に対して、慰めの言葉もないって、チーム意識が薄いな。かといって、黙って背中を擦ってやるような美しい友情があるわけでもない。テントに戻ってきた脊尾の顔には何とも言えない表情が浮かんでいて、ますますかける言葉を見失った。どうでもいいや、とへらへらしているならまだ怒りようもあったが……いや、うわべはへらへらしているように見えた。「全然だめでした、すんません」と軽く笑っていた。ただ、その目には確かに苦痛の色が滲んでいて、それは俺にもわかったくらいだから、たぶん全員がわかった。全員わかってしまったから、痛々しかった。

走りたい。でも上手く走れない。ジレンマと葛藤《かっとう》。

こいつはなんでこんなに苦しそうなのに陸上続けてるんだろうなと思う。俺は脊尾のことを、よく知らない。教室では誰にでもニコニコしていて、温和で勉強もできて話も上手くて、普通に人気者だ。そのままそこにいればいいのに、どうしてこいつは陸上部に入ってきたのだろう。陸上に対して冷めているくせに、どうして上手く走れないと苦しそうなのだろう。

十五時十五分。リレーの時間になる。

「都大会行くぞ！」

形ばかりの円陣を組み、掛け声をかける。二年二人からはきちんと気合の入った声が聞こえたが、脊尾はたぶん口を開きさえしなかった。いや、まじでな。勘弁してくれよ。ここで負けたら終わりなんだぞ。おまえにとっちゃ、リレーで関東大会行けるかどうかなんて、どうでもいいのかもしれないが……400そんなにショックだったのか？　だったらなんで練習ちゃんと走らなかったんだよ。そんなの自業自得だろ。そっちこそ、自分の都合でこっちを巻き込まないでくれよ。

脊尾がそんな調子だというのもあったが、とにかくバトンというギャンブルが三回もあるリレーは不安が大きい。デビュー戦というのもある。100メートルの好調が嘘みたいに体ががちがちになってきた。空斗さんたちみたいなリレーがしたい。そう思うほどに、まず今日勝たないと、というプレッシャーがのしかかってくる。特に支部大会は一本勝負だ。たった一回のレースで、すべてが決まる。

号砲が鳴る。

受川は二番手。スタートは安定しているし、バトンパスが関係ないのでわりと安心して観ていられる。怖いのは、バトンの「渡し」だ。いつぞやのように、雨夜に叩きつけるように渡さなきゃいい……受川が雨夜に近づく、雨夜が加速する、バトンが伸び、一瞬の交差——お、受川が減速した。二人が離れていく。雨夜の手にはバトンが握られている。どんどん加速していく。拍子抜けするくらい、あっさり渡った。

雨夜がすごいスピードでバックストレートを駆けていく。速い。こんなに速かったか？　今日の１００メートル走も相当なスピードで走っていた。今日の一、二走はまるで別人が走っているみたいだ。

トップに躍り出る。受川と雨夜の走力で、あれだけのバトンで渡ればそれくらいは普通か？　どうなんだ？

脊尾が出る。おいおいおい、速くないか？　いや、雨夜の走りを見て調整したのか？　ふざけんなよおい、そんな博打みたいなこと、よくも本番で……ああもう、とにかく渡れ。渡ってくれ。ここが二番目に不安なところ……脊尾を挟んだ二つのバトンパスが心配だ。一番不安なのは自分がもらえるかどうかだが、そもそも脊尾がもらえるかどうか。

あぁっ、詰まった。

けど、渡った。

脊尾が走り出すと、俺はもう脊尾を見ていなかった。とりあえず一位だ。でも二位とは差がない。タイムレースになる支部のヨンケイは、組内で一位ならいいってもんじゃない。できる限りいいタイムを出すことが大事だ。

脊尾がマーカーを越える。これは脊尾のゆるゆる走りに合わせた足長だ。いつも通り出る。大丈夫。仮にゼロ加速でもらっても、もらいさえすればいい。後は俺が全力で走って、何が何でも都大会までバトンは持っていく、

「ハイッ」

は？　もう？

早い。

いや速いのか？

そういえば脊尾の走りをちゃんと見ていなかった。わからねえ。とにかく手を上げた。すぐ真後ろから足音が聞こえる。やべえ、これ、かなり詰まって、

ドン。

ぶつかった。ぶつかった。バトンは？　どこだ？　持ってる？　持ってるな。つかんだぞ。これ失格？　心臓が嫌な感じに軋んでる。というか、止まりそうだ。わからねえ。とにかく走れ！

背中から脊尾が離れるなり、俺は全力で加速した。ほぼゼロ……というか、感覚的にはもはやマイナスからの加速だ。今の衝突で二位に逆転されてる。ふざけんな。おまえに負けたらその時点で枠が一つ埋まる。クソ。なんだよ、これ。トップスピー

ドに上手く乗れてねえ。

頭の中は終始ワアワア喚いていたが、残り40メートル付近でトップは奪還した。もうこれ以上加速できないのにじたばたして、やや減速しながらもトップは死守してゴール。バトンを放り出す。バトンなんかもうどうでもいい。タイムは？　失格は？　都大会は――？


時間が過ぎるほどに、レースを思い返すほどに、心が宙に浮いたような恐怖を覚える。

43・45秒。

失格には、ならなかった。そしてそのタイムは、全体で四位だった。つまり、俺たちはヨンケイで都大会進出を決めた。ひとまずの目標達成。嬉しいはずの結果。だけど……。

一つ間違えば、失格だった。バトンを落とせば負けていた。あの一瞬に、すべてを失うところだった。これまでの努力が文字通り水泡に帰す。ビデオを見返したら、脊尾がとんでもないスピードで走っていた。おまえ、練習のアレはなんだったんだよ。たかがリレーじゃねえのかよ。いつも通り走るだけじゃなかったのかよ。全然話が違うじゃねーか。400であれだけひどいタイムを出しておいて、なんでリレーであのスピードで突っ込んでくるんだ。ましてや足長の相談なんて、一言もしていないのに。

怖いな。最悪だ。俺は他のメンバーほど素直にこの結果を喜べない。今回は運がよかっただけだ。同じことを、繰り返すわけにはいかない。脊尾は、信用できない。

＊

ゴールデンウィークが明けると、すぐに都大会が始まる。それぞれ個人種目もあるが、この数週間で一気に走力を高めるというのは現実的ではなく、練習は必然的にバトンに費やされることになる。個人種目における各自の調整は、暗黙的に朝練でやることになっていた。

だが最近、俺は朝練で奇妙なものをよく見る。

脊尾が朝練に来るようになっている。しかも、雨夜とバトン練習をしている。

朝練の時間は短いので、リレーのラインなんか丁寧に引いてたら、それだけで時間がどんどん過ぎていってしまう。個人種目もある二人が、それでもバトンの練習をやる理由……。

脊尾に何か変化があった。

それはなんとなく感じていた。そもそもあいつは朝練に来ない人間だったのだから、来るようになったということは心境の変化があったのだろう。やはり、支部大会での受川と雨夜のバトンだろうか。脊尾は、雨夜からバトンを受けている。そのときに、何か思うことがあったのだろうか。

脊尾は、二走からバトンをもらい、四走へバトンを渡す。二走からもらうところをなんとかしようと思ったのだろうか。四走の俺には何も言ってこないのに。

ただ、最近バトンが詰まるようになってきた。脊尾の走るスピードは明らかに上がっている。１００のタイムが特別いいわけじゃないが、今までが遅かったというのもあり、相対的にはかなり速く感じる。オーバーは詰まるとミスが出やすい。俺は多少詰まってももらえるように、わざと詰まらせてもらう練習をしたり、足長も脊尾に相談せず勝手に変えたりしていたが、そのことも脊尾は何も言ってこなかった。

最近の俺は、脊尾がどんな走りで来ようと、どんなバトンであろうと、確実にもらうことを意識していた。最悪、加速できなくてもいい。とにかく落とさない。本番で、今度は急に遅くならないとも限らないのだ。大事なのはとにかく、バトンを繋ぐこと。

タイムが届かなくて負けるより、バトンを落として負ける方が、俺はきっと後悔する。

＊

五月晴れの週末。都大会一日目。

ヨンケイメンバーとサトセンは前日入りで、翌日昼から行われる100メートル走に備え、午前中から会場へ移動する。走るのは俺と雨夜で、受川と脊尾はサポートに回ってくれる。

昨日はあまり眠れなかった。支部大会の前日よりも眠れなかった。一度寝付いたが、嫌な夢を見たのだ。バトンを落とす夢。ああ、もう、クソッ。とにかく100だ。集中しなければ。

全部で六組、雨夜が二組目、俺が四組目。レース内で三位に残れればそれでよし、残れなかったとしても、残り全員のうちで上位六位以内のタイムなら準決勝に進める。目標はレース内三位だ。

あっという間にコールの時間になり、俺たちは招集場所に向かった。付き添いには脊尾がついてきてくれたが、俺も脊尾もだんまりだ。正直、今は話せない。元々レース前にそこまでしゃべりたいタイプでもない。傍から見てると集中しているように見えるらしいが、実は俺はレースの前、全然集中できていないことが多い。

結び直す必要のない靴紐を何度も結んでいたら、雨夜のレースを見逃していた。

脊尾は気を遣ってくれたのか、それとも単純に俺の付き添いが嫌なのか、俺からは離れて受川としゃべっていた。どっちにしろ今はそれがありがたい。

レーンに出てからも、集中できているようで、できていない感じだった。集中のベクトルを間違えているような。英語の試験中に連立方程式を解いているような。そんなズレ。

100メートルに集中しなきゃならない。なのに頭のどこかで、ずっとリレーのことを考えている。ネガティブな想像ばかりしている。だめだ。100にバトンはいらない。考えなくていい。まっすぐ走るだけだ。

「セット」

集中しろ。都大会まで来たんだ。これに勝って、明日も走るんだ。

号砲。

一歩目を狙った場所に置けなかった。二歩目。なんとか前傾姿勢を保つ。体が起きないように、腕をしっかり振って、体をスピードに乗せていく。

なんだか足が重い。

肩の周りがかたい気がする。

上手く加速できていない。何が悪い？　いつも通り走ってるのに。

100メートル走という競技は、レース中に修正がきかない。立て直しもきかない。一発勝負。スタートをミスったら、だいたいのレースはもうだめだ。スタートをミスするということは、一次加速に失敗するということだ。一次加速に失敗すると、二次加速で本来のトップスピードに乗れない。そうすると、中間疾走でどんどん減速してしまう。前半で出遅れ、後半も伸びない、最悪のパターン。

だからショート・スプリンターはスタートを練習する。雨夜もそこをずっと気にしてきたし、俺だって意識してきた。

でも、短距離走は一瞬だ。

その一瞬にどれだけの力を出せるかに、すべてが懸かっている。どんな言い訳も意味はない。本番で一番を出せたやつが強い。

先を行く一位、二位、三位との差が縮まらなかった。後半踏ん張って、かろうじて四位だった。タイムはたぶん、そこまで悪くなかった。でもきっと、準決勝には行けないだろうという予感もあった。スタートがだめだった。つまり、全部だめだった。負けたくないというのなら。これで最後にしたくないというのなら。そのために、今日までいったい何をしてきたんだ、と思った。

練習不足は後悔では埋まらない。高校二年で初めて試合に出た去年も、たくさん後悔したのだ。だから今年の冬は、後悔のないよう練習してきた。だけどこうして本番で負けてみれば、やっぱり足りなかったなと思ってしまう。

あのときもっと必死に走り込んでおけば。

もっとスタートを念入りに調整しておけば。

多くの選手がそう思いながら、今日もタータンの上に後悔を残して引退していく。きっと俺もその一人。

「あの、すみません。渚台高校の方ですよね？」

100の予選の後、トイレに行って戻る途中、知らない女子に声をかけられた。ショート気味の黒い髪の毛。ジャージを着ているので、選手なのだろうが、あどけない雰囲気のせいかどことなく着られている感がある。一年生か？

「脊尾くん、元気ですか？」

いきなりチームメイトの名を出され、俺は目をぱちぱちとさせた。

「脊尾？　あ……」

そうだ。この白と藤色のジャージ。

「秀川高校の？」

「あ、そうです。あ、でも名前は訊かないでください」

強くうなずいたかと思ったら、頭をぶんぶんと振り、彼女は慌てたように周囲を見回した。まるで脊尾に見つかるのを、恐れているみたいだ。

「元気ならいいんです。あの、リレー応援してます。頑張ってください！」

結局言うだけ言って、走っていってしまった。変な子だな……でもそうだ、これからリレーだ。気持ちを切り替えないと。

リレーには引きずるまい、引きずるまい、と念じていた。でもやっぱり難しい。雨夜が準決勝に残ったのに、自分が負けてしまったという気持ちの整理をつけるのもしんどいし、もう俺が高校生活において走れる種目がヨンケイしか残ってない、というプレッシャーもある。リレーはバトンに神経を尖らせなきゃならないのもきつい。短距離走をやってるのに、走ることだけに意識を割けないストレスを今さらのように感じる。

そもそもこんな状態で、よく都大会に出てきたもんだ。チームワーク壊滅的。精神的コンディション最悪。まあ、俺だけなのかもしれないが。支部大会であれだけ派手にバトンミスってるのに、他の三人は何も感じないのかと神経を疑いそうになる。

今日ここにいるのは、走力が高いという前提をある程度クリアしたうえで、さらにバトンで縮めてくるチームばかりだ。支部大会みたいなミスを一つ犯せば、即刻ゲーム・オーバー。とにかく個々がしっかり走ること。そのうえでいかにスムーズにバトンを繋ぐか。どのチームも求められることは同じ。あとは、その精度と技術が高いチームが勝つ。

他のメンバーとほぼしゃべることもないまま、四走の持ち場についた。ふと気がつくと、手の中に手作り感満載の椿の花の形をしたお守りがあった。なんだっけな、これ……そういえば檜山に話しかけられたような気がする。それから……それから？　だめだ、覚えていない。そもそも記憶に書き込まれていない。気持ちを切り替えるように足を持ち上げたり、肩を回したりしてみて、筋肉の具合を確かめる。……うん。大丈夫だ。走るのは問題ない。１００はやはり少しかたかった。そこはもう大丈夫だと思う。バトンはもらいさえすればいい。

俺はふと、三走を振り返る。脊尾は一走の方を見ている。

「オン・ユア・マーク」

「セット」

脊尾は振り向かない。別にその気もないが、もうレース前に何らかのコンタクトをとるのは無理だ。

号砲とともに一走がスタートし、俺もそっちに目をやった。

３レーンが速い。藤色が目立つユニフォーム……あれが秀川か。同走するチームのことを、あまり調べていなかった。別に知る必要なんかないけど。誰と一緒に走るかで、自分たちのベストが変わるはずは、理論上ない。きちんと自分たちの走りをすればいい。

受川から雨夜へバトンが渡る。支部大会よりも綺麗なパス。なんであいつら、あんなにバトンが上手くなったのだろう……不思議だ。二月くらいにはリレー練習なんか時間の無駄とまで言い切った受川が、チームで一番丁寧なバトンパスをしている。そしてそれを受け取る雨夜は、何か反則してるんじゃないかってくらい、異質のスピードで直線を駆け抜けていく。加速走だと速いのは知ってるが、ここ数ヶ月でさらに速くなった。3レーンとの差は縮まらないが、差が開くこともない。

バトンは三走へ。

トップが独走でテイク・オーバー・ゾーンを抜けていく。雨夜が続く。脊尾へのバトンは、支部大会だとやや詰まっていた。それまではむしろ届かないというので足長を縮めていたくらいだったのに、雨夜が速くなって、脊尾を押し出す形になった。

あれから二、三走の足長は調整され、今日は支部大会より一足以上延ばしていると聞いている。脊尾は雨夜がマーカーを越えた瞬間勢いよく出て、テイク・オーバー・ゾーンの終わりぎりぎりまで引っ張り、ほぼ全速力でバトンを受け取った。しびれるようなバトンパスだ。脊尾に対する複雑な感情を差し引いても、鳥肌が立つ。

雨夜が何かを叫んだようだった。その声を背に受けて、脊尾がぐいぐいとカーブを走っていく。すげえスピード。なんだろうな、二走が速いと、三走も速くなるのか？

脊尾の走りに、熱を感じた。

今まで感じなかった熱。

ここ最近、少し感じ始めた微熱。

今は、熱風。

この二週間、脊尾とのバトンは、ぶつかることもしょっちゅうだった。その都度、脊尾は謝ってはきたが、俺に何かを直すよう言うことはなかった。そのくせ、突っ込んでくるのをやめもしなかった。

もしかして、あれはメッセージだったのだろうか、と今さらのように思う。今、この状況に向けたメッセージ。

俺はマーカーと脊尾を交互に見た。どうする。どうするんだよ。予定通り安全にいくのか？　この順位なら、たぶん問題ないだろう。多少タイムを落としても、決勝には行ける。

そうすべきだ。

そのための練習をしてきた。

だけど同時に囁く声がする。

——空斗さんなら、走るぞ。

脊尾がマーカーを越えた瞬間、一瞬の迷いと直感。アクセルとブレーキを同時に踏んだような、だけどわずかにアクセルが勝った。

出た。確実に普段より早い。

自制した。だめだ。バトンを確実にもらえ。リスクを負う必要はない。

再びブレーキを踏みそうになったとき、

「いけ！」

と、脊尾の声がして、ブレーキから足が離れてしまった。

アクセル全開。走る。加速する。なんで加速してんだ？　まだバトンもらってねえぞ。そう思った瞬間、きちんと合図がして、手を上げるとバトンはすぐそこにあって、無我夢中でつかむ。

「走れ走れ走れ！」

と脊尾の声がする。

その声に従うように、ただ走る。

気がつくとゴール。前には藤色のユニフォームのやつしかいない。

バトンを受け取った左手が、なぜかじんじんと痛い。

肩で息をしながら、後ろを振り向いた。後ろに何人いるのか確かめようとしたわけじゃない。

そのとき俺は、脊尾を見ていた。


その夜、酒井が撮ってくれていたビデオを借りてきて、俺はホテルのラウンジでひたすらリレーを見返していた。特に、三、四走のバトンパスを。本当は部屋で見ようと思ったのだが、持ち帰るまでの間に気が急いて、ラウンジのソファーに浅く腰掛けて見始め今に至る。音を出しているせいで、脊尾の声が何度も響いていたが、他に人もいないので出しっぱなしのままだ。

ゴールまで見終わると、ビデオを早戻しする。滑稽に逆走していく自分をしばし眺め、脊尾がマーカーを越えるあたりで再生。意識が、ビデオの中のレースに沈み込んでいく……。

「いけ！」

背後から脊尾の声。

はっとして、加速する。

「ハイッ」

俺は手を上げ、バトンを受け取り、駆けていく。「走れ走れ走れ！」レース中はテンパってよくわかっていなかったが、少し冷静になった今は、いつもよりスムーズに加速できているのがわかる。ここのところ、バトンをもらうことばかり考えていて、加速は疎かにしていたからな……。

先頭は秀川。ここまではだいぶ差が開いてる。バトンで二つ隣の開上《かいじょう》に抜かれ、一度三位に落ちる——が、その後350メートルあたりで再び二位を取り戻せているのは、テイク・オーバー・ゾーンできちんと加速できたおかげだろう。調子の出なかった100のレースに比べて、トップスピードも出ている。走りは問題ない。

ゴールまで見届けて、詰めていた息を吐いた。

41・99秒。ベストタイムだった。単純な結果だけを言うなら、決勝に残るタイムだった。全体で六位。俺たちは、ヨンケイで都大会決勝へ駒《こま》を進めた。

ただ、予定通りではなかった。俺の中では。

安全にいくはずだった。加速ゼロでもいいからバトンをもらい、走りで挽回する算段だった。そのために、脊尾がどんな走りで来ても確実にバトンをもらうために、いろんなパターンを想定して練習してきた。勝手に。

でも、結果を見れば、しっかり加速していなければ42秒台だっただろう。あと0・2秒でも遅かったら、決勝には残れなかった。明日、決勝で六位以内に入ろうと思ったら、なおさら勝てない。決勝まで勝ち上がってくるようなチームは、決勝ではもっといいタイムを出してくる。

「こんな場所で、人の声だだ洩《も》れにしないでほしいね」

いきなり後ろから声がして、俺は無意識のまま再生と早戻しを繰り返していたビデオを取り落としそうになった。ちょうど画面から「走れ走れ走れ」と脊尾の声が聞こえて、慌てて音声を切る。

顔を上げると、声の主が俺をじっと見下ろしている。その淡々とした顔から、何を思っているのか読み取るのは難しい。いったいいつから見られていたのだろう。

「そんな顔しなくても、今通りかかっただけだよ」

脊尾が弁解するように言った。

「よかったよな、そのバトンパス」

後ろから見ていたのか、そんなことを付け加える。

「よかった？」

「今までよりは、よかったんじゃないか？　しっかり加速できてたように見えた」

それはそうかもしれない。結果だけを見れば。だけど俺は、納得できていない。

釈然としていない。今日のレースは、運がよかっただけじゃないかって。

「……俺はそうは思えない」

低い声で否定すると、脊尾ははす向かいのソファーに腰を下ろした。

「どうして？」

「リスキーだった。たまたま上手くいっただけだ。俺はバトン、あんなに攻めるつもりはなかった」

「そうか。オレも特に攻めたつもりはなかったけど」

脊尾は飄々《ひょうひょう》と言う。その態度に、俺は苛立つ。

「おまえは、なんでいつもそうなんだ。試合のときに、練習でやってないことをやろうとするな！」

でかい声が出た。一度そういう声を出してしまうと、引っ込みがつかない。

「支部大会だって危うく落とすところだった！　おまえがあんなに突っ込んでくるから！　練習じゃ一度だってあんなふうに走ってないだろ。今日だってそうだ。なんだよいきなり声出して煽りやがって。どっちのレースも、一歩間違えたら失格になってたかもしれないんだぞ！」

脊尾は静かに俺を見返していた。落ち着いた顔だ。なんでそんな落ち着いてられるんだ？　自分が何をしたのかわかってるのか？　それともやっぱり「ミスってもいいや」くらいの気持ちでやってるのか？　そんなやつに、俺の必死さがわかってたまるか。

「支部の大会のときは、悪いと思ってる」

やがて脊尾は、そんなふうにぽつりと謝った。

「ちゃんと謝れてなくて、話せなくて悪かった」

「今さらだ」

俺は唸る。自分が拒絶してたせいじゃないのか、という疑念がわずかに頭をもたげたが、気づかなかったふりをして押しつぶす。脊尾は苦笑して「ごめんって」と両手を上げた。

「古巣の学校でさ。走る意味がよくわからなくなった時期があるんだ。知ってるだろ、秀川高校っていう。今日のヨンケイで、オレらの組で一位だったとこ。まあ全体でも一位だったけど」

「……だから？」

促すと、脊尾は肩をすくめる。

「走るのは好きだった。でも、秀川で陸上やってるうちに、走ることの何が好きだったのか、見失った。秀川のせいだと言うつもりはないよ。単純にオレの選択ミス。信念も野心もないのに、そんなキツイところに呼ばれてホイホイ行っちまって、覚悟が足りてなかった。強豪校でやっていく覚悟が」

脊尾は何かを追い出すみたいに、頭を振った。

「最近やっと、少し思い出した気がする。雨夜がさ、ちょっと自分に似てる気がして。あいつが必死に走ってるの見てたら、なんだか自分も走らないとな、ってなる。そのきっかけが支部大会だった。悪かった、それまでの練習態度も問題があった」

素直に謝られて、俺は上手く返事ができなかった。

たぶん、支部大会前に聞いていたら、もう少し脊尾と上手くやっていけたのかもしれない。あるいは、最初から友だちになれたのかもしれない。そうしたら今日までに、もっといいバトンを繋いでこられたのかもしれない。今日のレースの結果を、素直に二人で喜べたのかもしれない……。

「で、話を戻すけど」

脊尾が言った。

「練習でやってないことをやるなって言ったけど、オレはそれ、逆だと思う。試合でやらないことを、おまえが練習してたんだよ」

俺は数秒ぼんやりしてから、目を白黒させた。

「は？」

なに言ってんだ、こいつ。

「バトン、全力で〝もらう〟つもりだったたって言うんだろ？　加速できなくてもいいから、とにかくもらうことに全力を尽くすつもりだった、って」

脊尾は、言い返そうとした俺の機先を制する。

「けど、おまえの背中はちゃんと走ろうとしてた。オレがいけって言う前に、攻め気に走り出してた。その後ブレーキ踏みそうだったから叫んじまったけど」

俺がぐっと言葉に詰まったのは、それが事実だと自覚しているからだ。空斗さんなら……と考えた瞬間、足が勝手に動き出していた。

「逆に訊くけど、なんでブレーキ踏もうとしたんだよ」

俺は脊尾を睨みつける。

わかるだろ？　おまえも三年なら。

「だって嫌だろ！　これが最後の年なんだぞ！　最後のチャンスなんだ。バトンミス一つで終わるなんて……」

口にすると、それは思っていた以上に格好の悪い理屈だった。だけど本音だ。きっと、日本中の高校三年生が、陸上に限らず、スポーツに限らず、感じている恐怖だ。今年で最後。一走、一跳、一泳、一球、一投、一打、一奏、一描、一書、その他すべての部活動におけるありとあらゆる動作に、きっとたくさんの三年生が魂を込めている。高校一年、高校二年のときには感じなかった。だけど高校三年は……最後だと思った瞬間、急に怖くなって必死に練習しだしたりして……俺はそれを否定しない。だって俺もそうだから。

「だったら詰まってでも、確実にもらう方が絶対いい」

俺は自分のつま先に向かって、吐き捨てるようにつぶやく。脊尾の顔なんか見られない。

「そんなふうに守って、明日の決勝勝てると思うか？」

脊尾が静かに訊いた。

「勝てないかもな」

それは今日思った。

「でもタイムが届かなくて負けるより、バトンを落として負ける方が、俺は後悔する」

そうだろう？

そうだろう？

誰だって、そうだろう？

盛大なミスをして終わるより、それなりで終わりたいだろう？　終わりよければすべてよし、なんて言葉、終わった瞬間にはくそくらえって思うさ。けど終わるまでは、それに縋ったっていいだろう？　俺たちは、三年間を費やしてきた。決して短くない時間を捧げてきた。その終わりがお粗末なバトンミスだなんて、一生悪夢に見る。冗談じゃない。

「なに言ってんの、おまえ」

顔をつかまれて、上を向かされた、ような気がした。脊尾は依然はす向かいに座っている。少し身を乗り出して、俺をじっと睨んでいる。

「ふざけんな。どっちだって後悔するに決まってんだろ、そんな二択。なんでそもそもこの二択なんだ」

なんで、おまえが、怒ってんだよ。

「バトンも成功して、タイムも最高を出す。そうだろ？　それをやるべきだろ？　なんで最初からそれを目指さない？」

バトンパスの理想は、前走者が十のスピードのまま、十のスピードで走る次走者にバトンを渡すことだ。そんなの、わかってるさ。

「できねえんだよ！」

俺は喚いた。

「できるわけ、ねえだろそんなの。俺とおまえの間に、そんな信頼関係なんかねえよ」

そうだ。遅過ぎたんだ。俺とおまえは、わかり合うのがあまりに遅過ぎた。もっと早くに、お互いを知ることができていれば……バトンパスだって、きっと、もっ

怖いから！」

と――。

「おまえさァ……弱音吐くタイミングじゃねえだろ。泣いても喚いても、決勝は明日なんだぜ。明日走らなきゃなんないんだ。今の全力で、今できることをやるしかないんだ。できねえ、ってなんだよ？　違うだろ、やりたくないんだろ！　失敗が怖いから！」

　俺は言い返そうと口を開く。でも言い返す言葉は見つからなかった。だって、脊尾の言っていることは正しい。失敗が怖いと、俺は今さっき、言い返そうとしているまさにこの口で、脊尾に言っちまった。

「なあ、おまえ関東行きたくないの？　言ってただろ、空斗さんに。関東行きたいんだって。憧れだったんだって。あれがおまえの本音だと思ったよ。練習も、すげえ必死にやってたし。違うのか？」

　ゴールデンウィーク後半の練習日、連休で帰省していた空斗さんが練習に顔を出してくれたことがあった。確かに空斗さんに対して、絶対関東行きたいんだと言った覚えはある。あの人の手前、気概を見せないわけにもいかなかった……もちろん、見栄だけじゃないけど。行きたいとは思っている。関東大会。かつて憧れたリレー。走れるのなら、走りたい。だけどあんなふうに、空斗さんたちみたいに走れるかといわれたら、それはノーだ。無理だ。無理だって、今日思った。

「なにごちゃごちゃ考えてるのか知らないけどさ、そんな難しいこと訊いてないだろ」

脊尾ががしがしと頭をかきながら言った。

「向いてるかどうかとか、できるかどうかとか、訊いてねえよ。おまえがどうしたいか訊いてんだよ」

俺がどうしたいか？

「どうしたいんだよ、朝月は」

脊尾にきちんと名前を呼ばれたのは、初めてだったかもしれない。

朝月渡がどうしたいのか。そんなことは、訊かれるまでもなく、ずっと同じだ。

「……勝ちたい」

本音。きちんと本音。できるかどうかじゃない。向いてるかどうかじゃない。シンプルに、俺が成し遂げたいこと。

「勝ちたい！」

このチームで、明日の決勝、勝ちたい。優勝は無理でも、負けたくない。関東、行きたい。

脊尾がゆっくりうなずいた。

「だったら、もっとオレを信頼しろ。できなくてもしろ。そんでもっと引っ張れ。ちゃんと渡すから」

見知ったはずの三走は、力強い目で俺を見ていた。ギラギラとした目。夏の太陽みたいな眼差しだ。最初からこんな目してたっけな？　こいつ……。

＊

都大会二日目。今日は雨夜の１００メートル準決勝、それに勝てば１００メートル決勝、最後にリレーの決勝がある。雨夜以外はリレーしか試合がないので、午前中は全員で雨夜の応援だ。

十時半に１００メートル準決勝の招集があり、受川が付き添いで一緒に向かった。俺と脊尾はスタンドからレースを見守る。

１００メートル走の準決勝は三組。この中で各組二着までと、三着以下のタイムレース上位二名、合計八名が決勝へ進める。ここまで来ると、持ちタイム10秒台の選手は珍しくない。そういう猛者が、ぼちぼち本気で走り始めるラウンドだ。

雨夜は一組目だった。今朝「今日はなんだか調子がいいんです」と言って、準決勝に向けて比較的リラックスした様子を見せていた。だが、もし決勝まで残れば、リレーも合わせて一日に三本走ることになる。体力配分には気をつけるようサトセンからもアドバイスがあったが、どこまで考慮して走れるか……。

要注意は４レーンの白沢《しらさわ》。確か10秒台の選手だ。スタートが抜群にいい。おそらくこいつが引っ張るレースになるだろう。後半白沢を食えるようなら、相当なタイムが出るはずだ。レース前に話したとき、雨夜もそこに焦点を合わせていくと言っていた。

「いけるかな」

脊尾がぽつっと言った。サトセンに話しかけたのかと思ったが、そういえばサトセンはテントか。俺は目を合わせないままぼそっと答えた。

「雨夜が、自分の走りをできれば……」

ここ最近の雨夜は、かなり調子がいい。春あたりにふっとスランプを脱し、走りが軽くなった。それまでもスタートにはかなりこだわっていたが、少しコンセプトが変わったような……ビャッと鋭い稲妻のようなスタートではなく、自転車のペダルを漕いでいくみたいな、ケイデンスをじわじわ上げていくスタート。その成果か、春以降は相当トップスピードが上がっている。きちんとそれを出せれば、可能性は十分あるはずだ。

脊尾が空を見上げた。初夏色の空をわた雲がそこそこの速さで流れていく。地上ではそこまで感じないが、ときどき左から右へ風が吹いている。ホームストレートの向きからすると、追い風だ。

「白沢は10秒出そうだな」

脊尾が言った。風を見て思ったのだろう。独り言ということにして、俺は黙ったままトラックを見つめる。

「オン・ユア・マーク」

スターターの合図で、会場が静まり返る。雨夜は7レーン。二度ジャンプして、スタブロに足を置く。屈み込んだその体から、何か電撃のようなエネルギーがバチバチとほとばしっているのがわかる。俺が勝つ、俺がいく、というオーラ。一組目の中じゃ一際小柄だが、それを感じさせない力強さがある。

「セット」

いけよ、雨夜。そのエネルギー全部使って、ばりばり走れ。

ピストルが吠えた。やはり白沢が飛び出していく。速い。スタンドがどよめくスピードだ。雨夜も他の選手もかなり置いていかれる。ちょうど追い風が吹いて、その風に乗ってぐいぐいと加速を伸ばしていく。

「こりゃ、独走かー」

後ろで見知らぬ人がつぶやくのが聞こえる。俺も一瞬、そう思った。

しかしトップスピードに乗り始めたあたりで再びスタンドがどよめいた。雨夜がものすごい勢いで後方から追い上げていく。一人、二人、三人……。

「おいおいおい、こりゃ白沢食っちまうぞ」

脊尾が掠れた声でつぶやく。

雨夜はぐんぐん追い上げる。

白沢に並ぼうとする。

すごい走りだ。白沢が流せない。

ほぼ並んだあたりでゴールした。抜いたか？　どうだ？

速報タイムが10・90秒、どっちが一位にしろこれは……雨夜も10秒台出たんじゃないか？

「いったな」

腰を浮かせていた脊尾が、力が抜けたみたいに座り込んだ。

「10秒？」

俺がつぶやくと、脊尾はうなずいた。

「すげえな」

しみじみと、脊尾がつぶやいた。

10秒台。それは、100メートルを走る高校生にとって夢の領域だ。かつて空斗さんが走った領域に、とうとう雨夜も到達したのか。

最終的に雨夜は、二位で決勝進出を決めた。白沢とはわずかに0・01秒の差。追い風1・9メートル。タイムは10・91秒。最高の結果だ。しかし同時に、これで雨夜は今日三本走ることが確定したことになる……。

「あんまりリレーを意識し過ぎるなよ。多少ヘタってもリレーは他のメンバーでカバーしてやれる。でも100を全力で走れるのは雨夜だけだ」

午後の100の決勝を控え、雨夜はやはり体力を気にし出した。確かに、先ほどのレースでかなり消耗したように見えた。あれだけの走りをすると、たった100メートルでも肉体的には相当な負荷がかかる。リレーも考えると、どっちも百パーセントで走れるかは怪しいところだ。雨夜は決して体力が強い方ではない。

脊尾のアドバイスは、はっきりとは言わなかったが「100に全力をぶつけてこい」ということだった。リレーのことを考えて、体力を温存しようなんて考えるな。そんな考えで勝てるほど決勝は甘くない、と。

俺としては、本音を言えばリレーに体力を残してほしいところだったが、さすがにそれを言うのはスポーツマンじゃない。

他のメンバーもそれぞれのエールで送り出し、雨夜は若干引きつった顔で受川と決勝のコールに向かった。

「まあ、後にリレーが控えてるってので差し引いても、決勝ってのは……」

脊尾が眉間にしわを寄せてぼやいた。

俺は無言で貧乏ゆすりをしながら、レーンに出ていく雨夜を見守る。

レーンと選手名の紹介が始まった。さすがに決勝だけあってスタンドも大盛り上がりだ。どの学校名もだいたい知っているし、選手の名前も聞き覚えがある。何人かはきっと、この後のヨンケイでも一緒に走ることになるだろう。

雨夜の紹介の瞬間に、うちのチームも声を張り上げた。

「いけーっ、雨夜ーっ！」

「リラックスリラックス！　ベスト出せよーっ！」

午後から顔を出した酒井も声を張っている。二日連続で大島と東京を往復するのは交通費がもったいないからと、昨日は東京の友人の家に泊まったらしい。

その高い声も、この大歓声じゃ聞こえるはずもないが、こっちの位置はわかっているので、雨夜が手を振って一礼してきた。若干かたい気がするな。大丈夫か？　まあここまで来たら、走るしかねえよな……。

スターターの合図で、雨夜が屈み込む。６レーン。決勝の八人の中じゃ、四番目のタイムだ。大丈夫。準決勝みたいな走りができれば、いける。

「こっちが緊張してくるな」

脊尾が指を組み、じっとトラックを見つめる。

酒井は身じろぎしない。

俺はただ、息を詰める。

やや向かい風になったな、と思った瞬間、号砲が轟いた。スタートで白沢が飛び出す。他にも5レーンの……あれは秀川か？　速い。この二人がぐんと集団から抜けている。他の六人がそれを追う展開だ。

雨夜は八位。スタートでやや出遅れたか。

「雨夜ーっ！　踏ん張れーっ！」

「いけいけー！」

脊尾と酒井が喚いている。

俺は祈るようにレーンを見つめる。

先頭がトップスピードに達した。白沢がやや遅れているが、この二人はもう独走だ。

雨夜は……なかなか伸びない。ピッチが上がらない。まだ八位だ。

いつしか下唇を噛みながら、必死に腕を振り走る雨夜を見つめていた。ここからはっきりと顔なんか見えないが、その走りから滲み出る焦燥と苦悩が、俺には手に取るようにわかった。

同じショート・スプリンターだ。わかっちまう。

素人からしたら、結果がすべてだろう。ゴールした瞬間の順位で速かった、遅かったというだけの話。でも俺たちは、同じ世界で走っているから、もう少しよく見える。

準決勝ほどのキレがない。雨夜のスピードが、そして周囲のスピードが、全然違う。

「雨夜ーッ！　ラスト踏ん張れーッ！」

気がつくと叫んでいた。今日、全然声出してなかったのに。遅いよな、今さら。

一位は秀川だった。白沢が続き、続々とゴールしていく。雨夜はラストでなんとか一人抜き、七位でゴールした。

「かたかったな……」

脊尾がつぶやいた。俺はうなずいた。七位は関東には届かない順位だ。たった一つ。あと一つだけ、届かなかった……。

後で話を聞いたとき、「トップギアを準決勝に持ってきてしまいました」と反省していたが、たぶんそうじゃない。雨夜はやはり、リレーに向けて温存してしまったのだと思う。無意識にしろ、意識的にしろ……「悪いことをしたな」と脊尾はやや苦い表情だった。自分が試合前にかけた言葉が、逆に雨夜にそのことを意識させてしまったと思ったようだった。レースを見た後じゃ、俺もそれをありがたいとは思えなかった。

それでも雨夜はきっと、来年に向けてまた頑張れるだろう。そう思えるだけの走りだった。来年はきっと、関東大会まで行ける。

「行くぞ」

気がつくとリレーの時間だった。脊尾に背中を叩かれてはっとし、慌ててジャージを脱ぐ。靴紐を締め直しながら、ぼけーっとした頭を切り替える。リレーの決勝だ。一日の中でリレーの試合しかないというのも、なんだか奇妙な感じだな。

十五時半。コール終了。

決勝を走るのは八チームだけで、そこから関東大会へ進めるのは上位六チーム。そう考えると四分の三が進めるわけだから単純な確率は高い。俺たちはこの八チーム中、六番目のタイムで決勝に来ているから、そういう意味だとさらに可能性があるように見えるかもしれない。

でもそういう問題じゃないんだ。

リレーとか、100メートルもそうだけど、速いチーム、強い選手ほど、きちんとパフォーマンスのピークを決勝に合わせてくる。予選、準決勝と力を抑えつつ、決勝に照準を合わせて調整してくる。強豪ほど決勝でベストタイムを出す。うちはそんな余裕ないから、どのレースも全力投球。予選以上のタイムを出すのは、他のチーム以上に至難の業だ。

選手たちが持ち場へ散っていく。あまり周囲を気にしても仕方がないが、この決勝は離島育ちの俺だって名前を知ってるような陸上の名門ばかりが名を連ねてる。脊尾の古巣の秀川もいる。昨日も同じレースを走っていた。無我夢中だったからあまり覚えてないが、ビデオを見たらだいぶ先行されていたので、やっぱりここは飛びぬけて速いのだろう。

気にするな。関係ない。

ばくばくと高鳴る心臓を皮膚の上から押さえつける。

各レーン、各チームの紹介がアナウンスで流れている。うちの名前が流れて、一走から順に手を挙げていく。

ふと、脊尾がこっちを向いた。俺を指差している。

昨日言われた言葉が、耳の奥にリフレインする。

オレを信頼しろ。

「オン・ユア・マーク」


号砲が聞こえるまでの一瞬、ふっと時間が間延びしたように感じることがある。極度の緊張がそうさせるのか、それとも俺の出るレースだけ、毎回ピストルの鳴るのが遅いのか、まあなんだっていい。

試合が終わるとそんなことは忘れてしまうし、日常の練習の中で気にするようなことでもない。ただ、レーンに出て、ピストルの音を待っていると……時間がゆっくり流れているみたいに、いつまで経ってもピストルが鳴らないことがある。

足元には駒沢陸上競技場のブルー・タータン。

でかいスタンドには、たくさんの観客が入っている。

隣のレーンは真っ赤なユニだ。どこの学校だっけ。

スタートラインに目をやると、各校の一走が、スタブロに足をつけて号砲を待っている。

受川。今バトンは、彼の手に握られている。

二走の位置には雨夜。スタートをじっと待っている。

脊尾は、空を見上げている。

風でも吹いているのかな、と俺も見上げる。

少し気の早い、小さな入道雲が遠くに見えた。

夏。インターハイの季節。そこへと続く関東大会。

あと一本だ。あと一歩で、そこに届く。

バトンを落としたくないな、と強く思った。

昨日から何度も思ったことだ。

でも、それで本当にいいのか？　落とさないバトンがベストなのか？　それが俺のやりたいことなのか？　落とさなかったら、関東行けなくてもいいのか？

俺はこのレースで、何をしたいんだ？

号砲。止まっていた時間が、動き出す。


受川が飛び出した。いいスタートに見えたが、四位か五位だ。都大会決勝まで来ると、さすがにどのチームも一走にはスタートの強いやつが揃ってる。10秒台のランナーを三人揃えてる秀川が、60メートルあたりで頭一つ抜ける。だが、受川もそこまで差は開いてない。

トップにやや遅れて、雨夜にバトンが渡った。年始の頃からは想像できないような丁寧なバトンパス。傍目には、アンダーの秀川と同じくらいスムーズに渡っていく。ほぼ減速なしで繋がったバトンを手に雨夜はぐんぐん加速、名だたる強豪のエースに遅れることなく、猛然と秀川を追い上げていく。１００の決勝を引きずる様子はない。準決勝のようなキレッキレのスプリントだ。

三走。このあたりで秀川が独走なのはわかった。二位以下はほぼ横一線。だが陸上競技に引き分けはない。たとえ差がコンマ1秒でも、七位に落ちれば今日で俺たちのリレーは終わる。

嫌だな、とぼんやり思う。

ここで終わりたくない。まだ走りたい。

そう思った瞬間、ぐわっと不安が強くなる。

もしバトンを落としたら……今、たぶん六位だ。最低でもこの順位を維持すれば関東には行ける。バトンをもらいさえすれば、後は全力で走って、多少タイムを落としても抜かれずゴールすれば問題ない。決勝はタイムレースじゃない。だけどそんな弱腰で、そんなひよったバトンで、七、八位に抜かれない保証も、ない。これっぽっちもないんだ。

脊尾が駆けてくる。古巣の秀川を追うように駆けてくる。気負う様子はない。伸び伸びとしたストライド。入部当初とは別人だ。昨日だってちゃんと渡してきた。きっと今日だって。

頭ではわかってる。わかってるんだ。
でも、わかんねえよ。
なあ、この不安は、なんだよ。
それでもいくってことが、信頼するってことなのか？
ちげえだろ。信頼してたらきっと、不安になんかならない。
これは断じて信頼なんかじゃねえ。ただの妄信だ。
顔を上げると、脊尾がまっすぐに俺を見据えている。
その目が言っている。昨日と同じことを言っている。
追いつくって言ったな。全力で出ろって言ったな。
知らねえぞ。
本当にいくぞ。
脊尾だけを見ていた。
――いけ！
昨日繰り返し見たビデオ。耳にこびりついた声。
足が動いた。体が前へと傾く。もう止まれない……スタート！
走れ。
とにかく走れ。
リレーと思うな。

100メートル走だ。

バトンなんかこない。

いつも通り、全力で加速しろ。

速過ぎる、と弱気な自分が頭の中で喚いている。反射的に減速しそうになるのをぐっとこらえる。そんなことはトップスピードが出た後だけやればいい。スタート直後は加速だ。ひたすら加速、加速、加速、いや、無理！

目前にはゾーンの終わり。

無理だろ。

やべえよ。

ほらみろ、追いつかねえ、

「ハイッ」

頭の中でごちゃごちゃ考えていたわりに、手はすっと上がった。バトンもすっとハマった。押し出されるように前へと出た左手に、バトンが握られていた。

渡った、のか？

わからないまま走る。ひた走る。加速もクソもない。トップスピードなんかわからない。順位もわからない。なんでもいい。いけっ、いけっ！　頭は真っ白だ。レーンの幅だけを意識していた。このレーンからはみ出てはいけない。まっすぐ走るだけ。目の前に伸びた直線がみるみる短くなり、やがてカーブになる。カーブ？　じゃあ、ゴールだ。終わった？　歓声。どのチームだ？　わからねえ。

速報タイマーは見損ねた。同じ四走で何人かガッツポーズ決めてるやつがいて、あのへんのチームは関東決めたのかな。三人くらいいる。一位、二位、三位あたりか？　その他のチームは落ち着いている。勝って安堵しているのか、それとも負けて沈んでいるのか。だめだ、わからん……。

気がつくと隣に脊尾がいて、静かな表情でスタンドを見上げていた。どういう顔だ、それは。

「何位だ？」

馬鹿みたいに訊いた。脊尾はただ笑う。

「おい、何位だよ？」

「さあな。ゴール付近ごちゃついてたし。でも、七位と八位じゃないのは確か」

七位と八位じゃない？　じゃあ、六位以内？　ということは……、

「やった？」

脊尾は黙っている。

「おい、やったのか？」

脊尾は俺の方をじっと見て、ふと思い出したように言った。

「まだ引っ張れるよな」

「は？」

「バトン」

脊尾はぎらぎらとした目で俺を見ていた。

「関東はスタートから正真正銘本気で走れよ」

そう言うと、ぽんぽんと肩を叩いて、歩いていってしまった。俺は「は?」の形のまま馬鹿みたいに口を開けて、その背中を見送る。


東京都と大島を行き来するジェット船は、船と名がついてはいるが航行中は浮いて進む仕組みになっている。波の影響を受けないので、遊覧船やフェリーなんかとはだいぶ乗り心地が違って、揺れないんで船酔いもしない。その代わり航行中外には出られないので、おとなしく席に座っていることになる。東京から大島までは二時間弱。飛行機みたいに綺麗に並んだ座席で、受川と雨夜は早々に爆睡していたが、俺は何度目を閉じても眠ることはできなかった。

まだ夢みたいだと思う。

最終的に知ったタイムは41・68。五位だった。八分の五だ。俺たちは本当に、関東大会出場を決めた。夢じゃない。本当の本当に、関東……俺だけは、若干の拍子抜け感とともに。

嬉しさが薄かった。実感がなかった。リレーの記憶がないのだ。きちんと走った、という……ベストを出し尽くした、という実感。体は疲れているし、走ったのは間違いない。だけど自分の代わりに、誰かが俺の体を使って勝手に走ったみたいな……そんな違和感がずっともやもやと疲労の陰に漂っている。

横を向くと、窓際の脊尾も起きていた。外をじっと眺めている。太陽が海の向こうに沈んでいく。一日が終わっていく。きっと忘れることのない日だ。なのにこのすっきりしない感じはなんなんだろうな。

「俺、ちゃんと走ってた?」

馬鹿みたいなことを訊いていると思う。

「ビデオ見てたじゃん、何回も」

脊尾も「何馬鹿なこと言ってんだ」みたいに言い返した。確かに酒井が撮ってくれていたビデオはすでに見返していた。でもスタンドからの映像じゃ、いまいちわからない。

「三走から見て、どうだった?」

「走ってたよ。朝月はいつもちゃんと走ってるよ」

「今日のバトンは……」

「もっと引っ張れた。でも予選よりはよかったな」

それも何度も聞いている。

「まあ……ちょっとばたばたしてたかな。けど、昨日よりもちゃんと加速走にはなってたよ。予選よりタイム縮んだのは、その分だと思う」

脊尾の淡々とした分析を聞いていて、少しレースの記憶がよみがえった。確かにかなり加速してからバトンをもらったのは覚えている。

「ゾーンギリギリだったよな？」

「そんなことねえよ。おまえ、過剰に怖がってるからそう見えるんだよ。あれくらいは別に普通だよ」

そうだろうか。

確かに怖かった。不安だった。無理だと思った。それってつまり、いつも通りだったってことじゃないのか。

「……俺、今日たぶんおまえのこと信頼して走れたわけじゃねえと思う」

俺はぽつりと言った。そうだ。たぶんしっくりこなかったのも、実感が湧かないのも、拍子抜けなのも、そのせいだ。結果的に上手くいっただけという感じがしてしまうんだ。

「出ろって言われたから出たんだ。でも追いつかないだろって思ってた」

怒るかと思ったが、脊尾は窓の外を見たままカラカラと笑った。

「でも、追いついたろ？」

そう言って、こっちを向いた。日に焼けた顔の中で、目が妙に力強い光を灯していた。

「なら、次は信頼できるデショ。もう証明されたんだからさ」

そうだろうか。

確かに、追いついた。バトンは渡り、タイムは縮んだ。そして関東大会進出を決めた。なら、今日の出足は正しかった。そして脊尾は、まだ改善できると言っている。

「帰ったら、練習だ」

練習……そうだな。帰ったら練習だ。そうしたら、試せばいいか。今日のレースがまぐれじゃなかったかどうか。本物だったかどうか。この先も、同じように、あるいは今日以上に、いいタイムが出せるかどうか。今日トップの秀川は、40秒台だ。俺たちも、関東は……。

「あ」

秀川で、ふと思い出した。

「そういえば昨日おまえのチームメイトに会ったかも」

100の予選の後、トイレに行ったときに声をかけてきた、秀川の女の子。100敗退のショックと、リレーへのプレッシャーですっかり忘れていた。

「は?」

「女の子。小柄でショートカットの。脊尾のことくん付けで呼んでたから三年生っぽかったけど……」

脊尾の方を向くと、見たことのない険しい顔をしている。

「おまえさー、なんで今言うんだよ。それいつだよ!」

「いつって、100の予選の後に――」

話しながら、彼女かな? なんて思う。あるいは、その手前? あの子は奥手そうにも見えたけど、脊尾はそんなタイプじゃなさそう……いや、意外と奥手だったりしてな。なんか急に脊尾が人間らしく思えてきた。

「……悪かったな。色々」

自然と口をついて出た言葉だった。「今?」と脊尾が笑う。

「ってかそれこそいつのどの話だよ。謝るのも、謝られるのも思い当たる節がありすぎてさ」

「確かに」

と、俺も笑った。ひどい三走と四走もいたもんだな。

ようやく眠気が出てきて、あくびを噛み殺した。隣で脊尾が目を閉じている。俺もふっと目を閉じると、今度はすぐに眠りに落ちた。


夢を見た気がする。

ブルー・タータンのホームストレートを駆けていく夢。都大会? 関東? それともインハイ? わからなかったけど、左手にはしっかりと握りしめたバトンの感触があった。じゃあ、ヨンケイだ。

だけど隣のレーンには、脊尾がいた。逆側のレーンを見ると、受川と雨夜がいた。俺たちは全員、同じバトンを握りしめて、横一直線にトラックを走っていく。意味のわからない夢。でもなんだか、幸せな夢だ。

＊

「まずは改めて、ヨンケイ関東大会出場、おめでとうございます」

週明けの練習日、サトセンは相変わらずの無表情で淡々と祝福してくれた。酒井が始めた拍手が伝染して、結局全員で拍手し合うことになる。

「100も惜しかったですね。まだ残す競技もある中、少し気が早い気はしますが……さて」

200は今週末、酒井のハードルもそのとき行われる。そのことに触れつつ、サトセンはリレーに関して「敢《あ》えて」と前置きし、次の目標を口にした。

「関東大会進出ということで、一応の目標達成ですが、せっかくここまで来たので、このままインターハイを目指したいと思っています」

インターハイ。ここまで来れば、当然次に目指すところはそこだろう。かつて空斗さんたちですら届かなかった舞台。俺たちなら行けるだろうか。

「受川くんのお兄さんの代が、関東大会まで進出してるのは知っていますね。しかし、彼らは決勝まで行くことはできませんでした。このチームで、その先を目指します」

「今さらっすね」

受川がぶすっと言う。

「やれるだけやりたいです」

雨夜が同意する。

「可能性はあるんじゃないですかね」

素っ気なかったが、脊尾の言葉には確かに熱を感じた。

「朝月くんは、どうですか」

サトセンが何も言わない俺に話を振った。部員の目が一斉にこっちを向いて、俺は視線を泳がせた。

「俺は……」

俺が最後まで足を引っ張った、という後ろめたさみたいなものがある。部長のくせに、チームを引っ張ってこられた自負もあまりない。変わったのはみんなだ。リレーのメンバーが変わって、それが俺も変えてくれようとしている。関東大会進出というすごい結果は、みんなの力だ。俺の力じゃない。

でも、だったら逆に、俺はこれから力を発揮しなきゃいけないのかなと思う。部長として。四走として。なにより、チームメイトとして。そのチャンスが、せっかくあるのだから。

「……四走のバトンは、もう少しよくできると思います。脊尾がそう言ってましたから。そうしたら40秒台、狙えるかもしれない」

俺はそう言った。現実的なことを考えよう。自分がしたいこと。そのために自分にできること。

脊尾がうなずいた。サトセンもうなずいた。

「一月の時点で、僕はバトンが上手くいけば関東大会までは行けると言いました。あれは撤回します」

サトセンの言葉にも、熱がこもっていた。

「今のチームなら、インターハイも狙えます」

おおっ、と俺たちはどよめいた。サトセンにしては、熱い言葉だ。

「でも忘れないでください。たとえどんな結果であっても、君たちのこの半年間が否定されることにはならない。もうすでに、このリレーを通して、君たちは多くのことを学んだと思います。後のことはおまけです。ご褒美みたいなものです」

「インハイがおまけですか、先生」

と、脊尾が笑った。みんな笑った。

「僕はあくまで教育者ですから」

俺たちはそのとき、意外なものを見た。しれっと言いながら、サトセンも、わずかだけれど確かに、笑ったのだ。

「冗談ですよ。インターハイ、期待してます」

そう言ってサトセンは、改めて祝福してくれた。都大会の順位じゃない。とてもいいレースだった、と。俺はなんだかそっちの言葉の方が、しみじみ嬉しくて、ようやく実感が湧いた気がした。


日々、大島の空は澄んだ青色へと染まっていく。

空気が熱を帯び、三原山の緑が深さを増し、太平洋から吹く風が心地いい涼しさをまとっていく。

夏が近づいてくる中、俺たちは丁寧にバトン練習を重ねていった。朝練には、毎日リレーメンバー全員が集まった。ほんの些細なことでも、全員で意見を出し合い、分析した。通しで走るたびに、発見があった。走るたびに何かが少しずつ、確実によくなっていく感じがした。

それでも、まだ出足が鈍いと脊尾は口を酸っぱくして言う。遠慮がある。もっとギリギリまで、限界まで引っ張ってみろ、と。どうも俺は、今までのひよったバトンパスの癖がなかなか抜けないようだ。足長を調整し、マーカーを越えるタイミングを繰り返し見極め、自分と脊尾のベストな距離感をもう一度作り直す。それを何度も何度も体に叩き込む。ゆっくりと走りながら、繰り返し確認する。そのスピードで九十九パーセント成功するようになったら、徐々に速度を上げていく。

「なあ」

一度、脊尾に提案したことがあった。

「俺ら詰まるじゃん。だったらバトンをアンダーにするってのはどうだ?」

アンダーハンドパスは、多少詰まっても問題がない。受け取る側が腕を上げないので、加速の妨げにもならない。詰まりがちで加速が悪くなっている俺には、合っているような気がする。まあ、今の時期から技術の習得を始めて、関東大会までに間に合うかって言うと……どうだろうな。難しいだろうけど。

「必要ない」

と、脊尾は一蹴した。

「オーバーでやれる。利得距離しっかり稼いで、加速落とさずに渡せれば絶対こっちの方が速い」

脊尾が掲げたポイントは二つ。

まずバトンを詰まらせないこと。そのためには、俺の出足の見極めが重要となる。もう一つは俺が手を上げる時間を限りなく短くし、その一瞬を逃さず脊尾がバトンを渡すこと。これができれば、オーバーハンドのデメリットである、手を上げて走ることによる減速が最小限で済む。脊尾が合図をするタイミングが大きく関わってくる要素だが、俺が渡しやすいように手を上げることも重要だ。

今までも、意識してきたことではある。これができていなければ、オーバーハンドパスのメリットはないも同然だ。逆に言えば、できていれば、仮にアンダーを採用して百パーセント上手くいったとしてもオーバー以上のタイムは出ないだろう。そもそもこの短期間でアンダーハンドの習得から習熟までをやるより、オーバーハンドの精度を上げる方が的が絞れて現実的だと脊尾は言った。

「ま、そりゃそうか」

俺は納得して、アンダーハンドパス案を忘れた。そしてそれ以降は、さらに感覚を研ぎ澄まして出足を見極めるようにした。

今でも全力で出る、というのは怖い。

バトンが渡らない、届かない、その不安がよぎって、ついつい加速の足を鈍らせてしまう。

だけど脊尾は必ずバトンを渡してくれる。それは、詰まっていた頃からそうだった。渡らなかったことはなかった。都大会以降、俺が少しずつ引っ張るようになってからも、必ずバトンは渡ってきた。

信じろ、と脊尾は言った。

必ず追いつくから、と。

その約束は、一度だって破られていない。

もう一つ、脊尾に言われた言葉がある。

「色々言ってるけどさ、オレは別に、朝月に期待してるわけじゃないから」

出足が鋭くなること。きちんと、最大の利得距離でバトンを渡せること。それを期待していない？

「期待してねえなら、なんなんだよ」

俺が鼻を鳴らすと、脊尾は真顔で答えた。

「おまえなら、絶対できるはずだから」

っていうかオレなんかよりずっと才能あるだろ、と肩を叩かれる。

「だから朝月も、オレには期待するな。追いつくのは、できて当たり前って思ってっとけよ」

信頼と期待。そう。それは似ているようで、全然違う。期待するだけなら誰にでもできるけど、信頼するってのは難しい。でもそれができたら――逆に何も期待する必要なんてないんだ。必ずできるって、思ってるってことだから。

バトンに期待はいらない。信頼だけ、あればいい。


六月の第二週、練習後の部室で突然脊尾が「赤禿ってどこ？」と訊いてきた。赤禿というのは大島の地名で、綺麗な夕焼けが見えることで有名な場所だ。

「サンセットパームラインの途中だな」

と俺は答えたが、脊尾はピンとこなかったらしい。

「サンセット……なに？」

「元町の北から島の西沿いに伸びてる道路があるんすよ。俺よく走ってます」

と、受川が口を挟んだ。ああ、あのへん……と脊尾は納得したようだ。

「それがどうかしました？」

雨夜が訊ねると、上を脱いでシャツに着替えていた脊尾が一瞬手を止める。

「いや、夜空が綺麗だって聞いたから。まあ、普通に見上げたって綺麗なんだけどさ。どうせなら一番綺麗なところで観たいなって思っただけ」

「そういえば今夜、満月でしたっけ」

それで俺も思い出した。

「ああ、朝ニュースでやってたな。ストロベリー・ムーンとかなんとか」

六月の満月を、そう呼ぶらしい。

「そうそう。オレもそれ見たの」

脊尾がうなずいて、「サンキュ。まァ気が向いたら行ってみるワ」と笑った。

その顔を見ていて、俺はふと思いついた。

「なあ、みんなで行かないか」

俺や受川、雨夜にとっては決して珍しいもんじゃない。ガキの頃から見慣れた星空だ。ストロベリー・ムーンを見たことがあるのかどうかは、さすがに覚えてないけど、満月だって別にレアなもんじゃない。一年過ごしてりゃ、十回以上は満月だ。

脊尾にとって、大島の星空に浮かぶ満月にはどんな意味があるのだろう。月や星に願いごとをするようなガラじゃないとは思う。だいたい、そんな必要ない。俺たちは俺たちの力でできることをするだけだ。じゃあ綺麗な景色が見たいだけ？　そんなロマンチストでもないと思うが、まあいいさ。

俺が一緒に行こうと思ったのは、空斗さんのことを思い出したからだ。あの人は星が好きだった。でかい大会の前、気持ちを落ち着けたいと思うと、星を観に行くのだと言っていた。空斗さんは天然のロマンチストだけど、偉大なスプリンターでもある。ロマンチシズムと先駆者のジンクス、どうせあやかるなら後者だろう。

「まあ……赤禿なら近いっすけど」

受川は少しめんどくさそうにそう言った。

雨夜は「いいですよ」と元気よくうなずいた。

「赤禿行ったことないだろ。案内させろよ」

俺がそう言うと、脊尾は肩をすくめたが拒絶はしなかった。

「よし。決まり」

着替え終わって部室を出てからも男子でその話を続けていたら、いつのまにか交ざり込んできた酒井が私も一緒に行くと言い出して、受川がおおいに腐っていたというのはまあ、ささやかな余談である。

結局最後は新一年二人も交え、部員全員で赤禿へ向かうことになった。

夜の海に浮かぶ伊豆半島には、人工の光がぼんやり灯っている。空気が澄んでいるのか、かなりよく見える。月と星を観に来たのに、なんとなくそっちに目が行くのは、やはりインターハイを意識するからか。

「うひょー。きれーい！」

酒井が歓声をあげる先には、確かに立派な満月が浮かんでいる。ストロベリー・ムーンなんていうが、別に赤いわけでも、ピンク色でもないのだ。苺《いちご》の収穫時期に昇る月だから〝ストロベリー〟……なんて言ったら、みんな白けそうだなと思って黙っておくことにした。

潮風が心地いい。

空気が透明だ。

吸い込んだ自分も、少しクリアになれる気がする。

「あれ、天の川？」

脊尾が訊いてきたけど、俺もあんまり星には詳しくない。肉眼ではっきりわかるもんなのかな。星が多いんで、逆によくわからない。

「どうだろう。そうかもな」

「地元だろー、知らないの？」

「空なんかじっくり観察しねえよ。生まれたときから当たり前に見慣れてるんだぞ」

「贅沢なやつらだなァ、こんな天然のプラネタリウム毎日タダで観れるのに」

呆れられてもな。俺ら、生まれたときからここしか知らないし。

ゆっくりと昇っていく月と、瞬く星々と——そして、真っ暗な海を二人でじっと眺めていた。夜と混ざり合って、境目がわからなくなった海の果て。その先に、東京がある。俺たちがこの先走るであろう、競技場がある。

「行けるかな、インターハイ」

ぽつりとつぶやいたのは、脊尾だった。同じものを見ていたのだとわかった。

「サトセンはそう言ってるけどな」

「あの人いまいち信用ならねえからなァ」

「いやいや……まあ、ゆるいからな、サトセン」

「朝月はどうなのさ。行けると思ってんの？」

脊尾が俺を見ていた。目に無数の星が映り込んでいる。右上の方に、ストロベリー・ムーンも少し映り込んでいる。

「行ける」

俺は短く答えた。

嘘じゃない。本当に思っている。絶対とは言わないけど。

探るようにしばらく俺の目を見ていた脊尾が、ふっと破顔した。

「……じゃ、そういうことで」

どういうことなんだよ、と思ったとき、受川が「朝月先輩」と割り込んできた。

「関東大会、俺は俺の走りをしますから」

「はあ？　突然なんだよ」

「俺は兄貴とは違いますから」

その言葉で、少しはっとする。そうか、以前空斗さんを引き合いに出してしまったことがあったな。

「わかった。ちゃんと見てるよ」

そう答えると、受川は憑き物が落ちたみたいな静かな顔でうなずいた。

「僕も二走として恥ずかしくない走り見せます」

いつのまにか聞いていたらしい雨夜も、そんなふうに言った。

脊尾がニヤッとして言った。

「部長から一言ないの？」

俺は肩をすくめる。まあ言いたいことはわかったよ。全員本気ってことだな。わかってたさ、そんなの。

「このチームで、インハイ行くぞ」

俺がそう言うと、「当たり前のこと言うな」と脊尾に叩かれた。おまえが言わせたんだろうが。

その日、俺たちはきちんとチームになれたのだと思った。

全速力のバトンを迷いなく託し合える、本当の意味でのヨンケイ・チームに。

＊

六月某日。関東高等学校陸上競技大会、初日。

家を出ようとしたら、弟とタイミングが被った。翔も出かけるようだが、野良仕事にでも行くような格好だ。特に運動部には所属していなかったはずだが……。

「翔、どこ行くんだ？」

そういえば話すのはあれ以来か、と声をかけてしまってから気づいた。この春中学三年になった翔は、もう進路のことをきちんと決めなければならない時期だが、あれきり両親ときちんと話した様子はない。

翔はあまり言いたくなさそうだったが、しばらく歩調を合わせて歩いていたら誤魔化し続けるのも面倒になったのか、やがて「牧場」と突き放すように言った。

「牧場？」

「二、三年前に島に来た若い酪農家がいるんだ。塚本《つかもと》さんって言うんだけど。たまに手伝わせてもらってる」

歩きながら、ぽつり、ぽつりと付け加える。

「大島って、昔は東洋のホルスタイン島なんて呼ばれてさ。すごい酪農が盛んだったんだ。千頭以上牛がいたって。だけど大手メーカーとの価格競争に負けて、だんだん衰退していった。今は島の特産品っていうポジションでなんとかやってるけど、正直人数足りてないし、後継者がいなきゃいつまでもは続けられない」

大島の酪農の現状なんか、考えたこともなかった俺は、黙って聞いていた。一度しゃべりだすと、翔はダムが決壊したみたいにしゃべり続けたので、もしかするとずっと俺に話を聞いてほしかったのかもしれないと思った。あるいは、両親に。家族に。身近な人間に。

「俺、大島の牧草地で牛がのびのびと過ごしてる風景がすごい好きでさ」

……ああ。そういえば。

小さい頃、牧場へ行くと、翔は放っておくといつまでもずーっと一人で牛を眺めていた。のんびりと、草を黙々と食んでいる牛に合わせて、自分は何を食べているわけでもないのに一緒に口をもぐもぐと動かしていた。青い空と、緑の牧草と、白い牛。その中に、赤いシャツを着た翔がぽつんと立っている風景。

あの頃からもう、翔には自分の将来が見えていたのかもしれない。

「翔は、酪農家になりたいのか」

「最初はそれだけ守れればいいって思ってた。でも酪農を勉強してみるとさ、そんな単純で簡単な問題じゃないなってすぐわかる。塚本さんのやってること見てたら、牛一頭面倒見るのだって楽じゃないんだなって。まあ、そりゃ当たり前なんだけどさ、なめてたっていうか……景色を守るってことは、そういうことなんだって思わされた。自分がその景色の一部になるってことなんだなって」

翔は熱に浮かされたみたいにしゃべり続ける。俺はなんとなく、俺にとっての空斗さんが、翔にとっての塚本さんなんだろうなと思う。

「親父たちは反対してる。言ってることもわかるよ。でも俺は……」

急に言いよどんだ翔の頭に、俺はぽんと手を乗せた。

人と人との関わりって、バトンパスみたいなのかもなと思う。バトンはもらった瞬間から、渡すことが始まる。俺はもらうばっかりだから、あんまりわかってないけど、自分という存在が誰かに何か影響を与えるってことは、そういうことなんじゃないのかな。誰かからもらったものを、パスする、みたいな。受け売りってやつ。ちょっと違うかな。でも似てるんじゃないかな。

まあ、えらそうに言えるほど、自分もできちゃいない。でも少なくともこの言葉は、リレーのことがなかったら、絶対に言えなかった。

「……もらってばっかじゃ、カッコ悪いからな」

「え?」

「ああ、いや、こっちの話」

四走の俺が、レースの中でバトンを渡すことはない。けれど、朝月渡としてバトンを渡すことのできる相手は、確かにいる。

「俺は翔がやりたいようにやればいいと思う」

翔がこっちを向いて、目を見張った。

「あー、いや、こないだと全然違うこと言ってるのは自覚あるけどさ……」

酪農は、動物に依存する職業だ。自然と同調して生きる道だ。ましてや大島は火山島で、気まぐれな自然に寄り添い、逆らうことなく、そういう不安定な要素と折り合いをつけて生きていかなければならない。自分の身一つでどうにもならないことが、たくさんある。

それは、生き物と自然に人生を捧げるということ。甘っちょろい覚悟でできることじゃない。そういう意味じゃ、両親の反対は決して間違っていない。

「けど、なんでそういうこと考えたのかも知らずに否定するのって、やっぱ違うかなと思う。少なくとも今俺は、翔の話聞いて生半可な覚悟じゃないんだなって思ったし、じゃあ信じてみようって思った」

翔は黙っている。俺は翔の方を見る。

「父さんたちにも、そこまでしっかり話したか？」

「いや……」

「もう一回、きちんと話してみろよ。だめそうなら、俺も一緒に話すよ」

背中を強めに二度叩くと、翔がつんのめって、「いてえって」と呻いた。

元町港近くの十字路で立ち止まる。

俺は港の方へ行く。翔はたぶん島の北の方へ行くのだろう。一緒に歩けるのはここまでだ。

「じゃあ、行ってくるわ」

再び歩き出した俺の背中を、遠慮がちな翔の声がノックした。

「兄貴」

振り返ると、翔は何かを思い出すような顔をしている。もう少し恥ずかしくない言葉を探していたのかもしれない。でも上手く見つからなかったようで、結局翔は照れ臭そうにこう言った。

「頑張れよ」

シンプルで飾らないエールに、俺はニッと笑った。

「おう。翔もな」

そうして、俺たちは手を振って別れた。

それぞれのバトンを握りしめ、それぞれが目指す場所へ向かって、まっすぐに歩き出す。

＊

脊尾とマーカーの距離がみるみる縮んでいく。

俺は汗の滲んだ手のひらを何度もユニフォームにこすりつける。

マーカーを越えた瞬間、前走者を信じて全力で出る。スパッと鋭く、コンマ1秒を見極めるような出足。それが理想だってことはわかってる。でも、三年の俺にとって、すべての大会はラストチャンスだ。もしバトンを落としたら、バトンが流れたら……バトン一つですべてを失うくらいなら、詰まってでも確実にもらう方がマシだと思っていた。

どんなに最高のチームでも、その可能性をゼロパーセントにすることはできない。人間である以上、絶対はない。それはわかってるし、俺の頭から消えることもない。

だけど、今日だけは断言したい。

ゼロパーセントだ。絶対に、落とさない。

脊尾が、マーカーを越えた。

全力で出た。

余計なことはすべて忘れた。

ただ、走れ。

「ハイッ」

左手を上げる。

そこにバトンは必ずくる。

いや、もう握っている。

繋がってきたバトンの感触が、確かに手の中にある。まるで触れる前から、すでにつかんでいたかのように。

俺は走り続ける。

両手を勢いよく振りながら、ぐんぐん加速していく。

アルミの棒切れを握っているだけなのに、不思議といつもより体が軽い。

脊尾。最高のバトンパスだった。

雨夜。エースとして、ふさわしい走りだった。

受川。来年の部は、おまえに託すぞ。

風を感じた。

トップスピードだ。

周りには誰もいない。順位なんかどうでもいい。

きっと、これで終わりじゃない。

終わりにしない。

もっと四人で走ろう。

もっと長く、バトンを繋げよう。

ふっと、スタート直前に見た、鳥のことを思い出した。

夏空をゆったりと舞う、翼を広げた鳥。いいな。気持ちよさそうだ。俺もあんなふうに、自由に走れたらいい。

未来を追いかけるように、まっすぐに伸びた、大島の空みたいに青いホームストレートを、俺たちは全速力で駆けていく。

そして、バトンは巡る

夏の終わり。

手の中には、少し汗ばんだ青色のバトン。

そこにあるのは、リレーの道具としてのそれじゃない。かといって伝統とか、責任みたいな、そんな大仰なものでもなくて……上手く言葉にできないけれど、もっとシンプルに、切れることなくここまで届いた――そう、一本の糸みたいなものだ。

その先端を、俺は今、握りしめている。

＊

八月某日。突然グラウンドへの呼び出しがあって何事かと駆けつけてみれば、昨日の練習時に引いたカーブの、ちょうどスタートラインのところに座り、ぼけーっと青空を見上げる朝月先輩の姿があった。制服を着ていることに違和感があったのは、普段見慣れていないというのもそうだが、それ以上に手にしている物のせいだ。左手に青い、リレー用のバトンを握っている。

「悪いな、急に呼び出して」

こちらに気がつくとそのバトンを振り上げて挨拶をし、よっこらせと腰を上げる。スラックスの尻が、砂と石灰で真っ白だった。

「どうしたんです？」

「見りゃわかるだろ」

困惑する俺に、先輩はバトンを振ってみせた。そりゃ、その道具の使い道は、それしかないけど……え、なに、走んの？　今から？　二人で？　制服で来ちまったけど。ってか、先輩も制服だけど。

そもそも、俺と朝月先輩は一走と四走の関係だった。当然、間には二走と三走がいる。俺たちは直接バトンをやりとりしない。実際、したこともない。

「二人で……ですか？」

「俺は四走だったからな、バトンはもらうだけで渡すことはなかったろ。一回、渡すのやってみたかったんだよな」

「……なんで俺なんすか」

頭の中を色々な疑問符がよぎり、一番大きいものが口をついて出ちまった。そういうことなら、脊尾先輩とやりゃいいのに。

「おまえももらったことないだろ」

「そりゃそうですけど……」

一走とは、そういうものだ。

「それに、」

何か言いかけて、朝月先輩は首を振った。

「いや、まあ、なんだっていいだろ。一本付き合えよ。別に全力で走れとは言わないから」

そんなこと言ったってなァ。

「制服なんすけど……」

それに靴だって。

「見りゃわかるよ。俺もだよ」

先輩は平然としたもので、どうやら拒否権はないらしい。最後はしっしっとスタートラインから追い払われ、俺はため息交じりに第二コーナーへと足を向けた。

二人しかいないので、必然的に二走になる。100と200しかやってない人間が、バックストレートを走ることって、練習やヨンケイを除けばほぼない。第二コーナーからスタートを振り返ると、前走者がいるという見慣れない光景に胸がもぞもぞする。足長を測るべきだろうか。もらうこと自体が初めてなので、目安がわからない。どれくらいあればいいだろう……雨夜は確か、20くらいから始めて、そこから調整していったんだっけな。とりあえず20ありゃ十分か？

朝月先輩は、いつも通りにスタートダッシュの感触を確かめていた。全力で走れとは言わない、とは言われたものの、あの人自身は全力で走りそうだな。そういう人だ。でもだったら、どうして着替えてこなかったんだろうな。めんどくさかったのかな。

目を閉じた瞼の裏、朧《おぼろ》げにそのフォームが浮かぶ。雨夜とはまた違ったタイプのショート・スプリンター。ストイックな性格の映し鏡みたいな肉体で、プレッシャーも風も押しのけて走り切る生粋の四走《アンカー》。どんな走りをする人なのか。どんなふうに陸上競技と——100メートルやヨンケイと向き合ってきた人なのか。そう長い付き合いでもないけれど、俺はよく知っている。

目を開けた。

足長を測り、靴の踵《かかと》で土の上に線を引く。

靴紐を締め直して、シャツの袖をまくる。

もう一度スタートの方を振り返ると、朝月先輩も準備が整ったようで、バトンを握った右手を上げてきた。

言葉はなく、大きく一つうなずいた。

ふつふつと、胸の奥から泡が湧いてくる。栓を少しだけひねった、炭酸水の瓶のように。リレーのスタートラインに立つと感じるものに、よく似ているけれど、違う何か。緊張じゃない。アドレナリンでもない。なんだろうな。自分でもよくわからないけれど。

少し、わくわくしているのかもしれない。初めて誰かからバトンをもらう、という、ただそれだけのことに。

スターターはいなかった。

スタブロもない。

ラインだって、綺麗に引けているとは言い難い。

でこぼこのグラウンド。服装も、靴も、走るのには向いていない。

それでも、朝月先輩のスタートはロケットのようだった。

大島に吹く風を切るように鋭く、力強いストライドで駆けてくる。

100メートル近くあった距離がみるみる縮まり、そのつま先がマーカーを越えた。

スタンディング・スタート。体を傾け、後ろ足でしっかりと地面を押す。前傾姿勢のままぐっぐっぐっと加速……いや、上手くできていない。靴底が地面をとらえ切れていないのがわかる。スピードに乗れていない。その間にも足音はどんどん迫ってきて、バトンに追われるってこんな感じなのかと新鮮に思いながらも心臓はばくばく脈打っている。

背中に火がついたようだ。チリチリと、皮膚が焦げるように痛い。

逃げるように走る。バトンはもらわなきゃいけない。だけど追いつかれてもいけない。渡すときに深く考えたことはなかった。立場が逆になっただけで、それはひどく矛盾しているように感じる。
スピードに乗り切れないままに、足音が背後に迫った。
「ハイッ」
手を上げる。手を伸ばす。その間を、一本のバトンが繋ぐ。
ぐっと、力強く押し込まれた。
スムーズかどうかは関係なかった。
繋がった。確かに。
それだけのことに、胸が震える。
バトンをもらうって、こんなだったのか。
バトンをもらって走るって、こんなだったのか。
全然違う。
ただの加速走とも違う。
背中に、強い追い風が吹きつけてくる感じ。
それまでの、バタつく走りを吹き飛ばすように。
走れ。走れ。前へ進めと、焚きつけてくる。
その追い風すらも置き去りにするように、ぐんっと加速する。
心地いいスピード。トップスピード。一番気持ちいい速さ。
バトンを渡す相手はいないはずなのに、誰かが待っているような気がした。

きっと、二人分の熱を帯びたバトンのせいだ。一走はいつだって冷たいバトンを握って走り出す。でも二走以降は、渡した人の熱で温まったバトンをもらう。その熱が冷める前に、誰かに渡さなければならないと、そう思ったのかもしれない。

「おまえ、最近、調子どうだ」

「なんすか急に……」

スタートラインまで戻ってきて、乱れた呼吸を整えながら、汗の滲んだワイシャツを第二ボタンまで開けて、並んで天を仰ぐ。質問というより、確認みたいな訊き方をした朝月先輩は「難しいもんだな、渡すってのも」なんてぼやきながら、大していいバトンワークでもなかったわりには清々しく笑っている。

調子どうだ、って言われてもな。俺の走りの話？　それとも……ちらと頭をよぎったのは、この夏、朝月先輩から渚台高校陸上部の部長を引き継いだこと。

うちは男女で特に部が分かれてるわけじゃない。だから、部長は男女ひっくるめて一人だけで、当然男子でも女子でもかまわない。歴代には女子の部長もいたと聞く。そういう意味では酒井でもよかったし、もちろん雨夜でもよかった。だけど朝月先輩は、俺を部長に指名した。それは強制ではなかったけれど、俺は引き受けた。

別に深い意味はない。酒井部長や雨夜部長の下でやっていく自分が、想像できなかったというだけだ。

「別に……普通っすね」

そう答えたら、朝月先輩は顔をしかめた。

「なんだよ、普通って」

「いや……まだ、実感できるほど時間経ってないですし」

「そっか。ま、そりゃそうだよな」

「っす」

ともに過ごした時間は、一年半とない。特別仲のいい先輩後輩でもなかった。リレーじゃ一走と四走は一番離れている。そんな距離感が、未だに会話に滲む。いや、でも――手の中のバトンを見つめる。つい今しがた、届くはずのない四走から届いた、青色のバトン。それはひょっとしてそういう……？

顔を上げると、揺れる瞳がそこにあった。

「けど、確かに渡したからな」

朝月先輩が、リレーのときにだけ見せる不思議な顔がある。100や200では、芯の通った、迷いのない目をしているのに、リレーのときだけはどことなく不安そうな、迷っているような……でもそれは実は、瞳の奥に秘めた強い光に、陽炎《かげろう》のように揺らいで見えるだけなのだ。

なぜ今その目をしているのか、なんとなくわかったから、茶化すことはできなかった。

この人はこの人なりに、俺のことをずっと見てくれていたということなのだろうか。

自分が入部したときにはすでに部長だった。だから、部長としてチームを引っ張ってきた朝月先輩の背中しか俺は知らない。だけど、当たり前だけどこの人にも新入部員だった時代があり、後輩だった時期があるのだなと——そう思うと、不意に手の中のバトンが重みを増したように感じた。

重荷、ということじゃない。

繋がなければ、と強く思った。

「……確かに、受け取りました」

絞り出すように答えると、朝月先輩はうなずいて、終わりゆく季節の狭間に吸い込まれるように、静かにグラウンドを去っていった。その真っ白なままのスラックスの尻に、わざわざ着替えてこなかった理由が、やっとわかったような気がする。

ツクツクボウシが鳴いている。大島じゃ、七月から鳴いてるんで気に留めたこともなかったが、本州だと八月の終わり頃に鳴く虫らしい。兄貴が言ってたっけな。

空には少し崩れかけの入道雲。

島を吹き抜ける風には、どことなく秋の気配がある。

夏の終わり。

手の中には、少し汗ばんだ青色のバトン。

そこにあるのは、リレーの道具としてのそれじゃない。かといって伝統とか、責任みたいな、そんな大仰なものでもなくて……上手く言葉にできないけれど、もっとシンプルに、切れることなくここまで届いた——そう、一本の糸みたいなものだ。

その先端を、俺は今、握りしめている。

——オン・ユア・マーク。

頭の中で、声が響いた。

反射的に二度、軽くジャンプしてから、クラウチング・スタートの体勢をとった。

——セット。

腰を上げる。

スタートラインの少し手前をぼんやり見つめる。

やがて頭の中で鳴り響く号砲が、ここからまた、俺を走らせる。

この作品は二〇二一年一月にポプラ社より刊行されました。
「そして、バトンは巡る」は文庫版に書き下ろしたものです。

ヨンケイ!!

天沢夏月

2023年7月5日　第1刷発行

発行者　千葉 均
発行所　株式会社ポプラ社
〒102-8519　東京都千代田区麹町4-2-6
ホームページ　www.poplar.co.jp
フォーマットデザイン　bookwall
組版・校正　株式会社鷗来堂
印刷・製本　中央精版印刷株式会社

N.D.C.913/327p/15cm　ISBN978-4-591-17851-5

P8101471